AF452272

Bibliothèque Religieuse, Morale, Littéraire,

POUR L'ENFANCE ET LA JEUNESSE

PUBLIÉE AVEC APPROBATION
DE Mgr L'ARCHEVÈQUE DE BORDEAUX.

CONTEUR

DES

ENFANTS

TRADUIT DE SCHMIDT

PAR M. L'ABBÉ LAURENT.

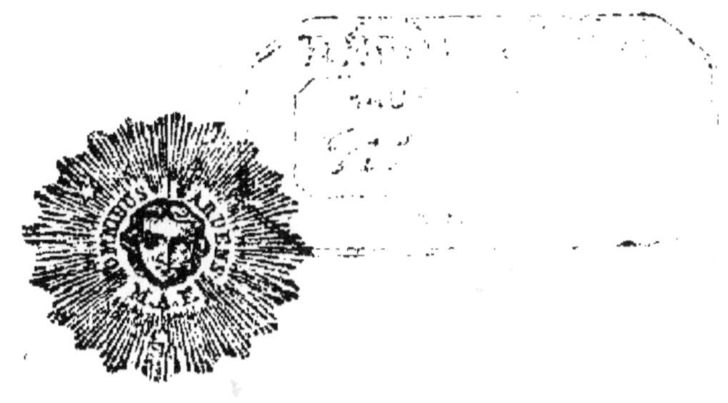

LIMOGES,

MARTIAL ARDANT FRÈRES, ÉDITEURS

Rue de la Terrasse.

—

1864

CONTEUR

DES ENFANTS.

LES MARGUERITES.

La petite Marguerite vivait il y a fort long-temps, elle était fille d'une pauvre veuve qui, bien qu'elle n'eût qu'une très petite fortune, l'élevait très pieusement, et avec beaucoup de soin.

Un jour, la mère et la fille allèrent toutes deux se promener, au commencement du printemps, dans de belles prairies qui environnaient la ville. Le gazon, nouveau-né, était du vert le plus tendre et parsemé de ces jolies petites fleurs jaunes et blanches qui font le même effet sur ce tapis verdoyant que les étoiles dans l'azur foncé d'une belle nuit d'été.

— Que cette prairie est jolie! disait la mère, qu'ils sont beaux ces arbres qui l'entourent! voici des ormes et des marronniers, comme leur verdure est différente! voilà de vieux peupliers qui s'élèvent à perte de vue, semblables à des obélisques; en vérité Dieu est bien bon, il place sans cesse sous nos yeux un spectacle magnifique et préférable à tous ces ornements que les riches entassent dans leur demeure. Les moindres choses, comme les plus grandes, sont belles dans leurs plus petits détails.

— Oh! cela est bien vrai, ma chère maman, disait Marguerite; examinez ces petites fleurs; voyez comme le cercle intérieur est d'un jaune doré, comme les feuilles qui rayonnent à l'entour sont blanches, et se terminent par une teinte rosée! Nous n'avons pas de fleurs semblables dans notre jardin, ne pourrais-je pas en prendre quelques pieds ici, pour les y transplanter?

— Certainement, ma fille, rien ne s'y oppose, et tu feras d'autant mieux, que ces plantes ont, outre leur beauté modeste, quelques qualités médicinales.

Le lendemain, Marguerite vint avec un panier, et déracina plusieurs pieds de ces fleurs qui lui avaient semblé si jolies, elle les transporta dans son jardin, et en fit une petite bordure à une plate-bande. Elle avait grand soin de bêcher la terrre autour et d'enlever les herbes nuisibles ; elle les arrosait aussi lorsqu'il ne pleuvait pas.

Les plantes poussèrent de nouveaux boutons, Marguerite remarqua avec joie qu'ils étaient beaucoup plus gros que ceux de la prairie ; quand les boutons s'ouvrirent, elle vit que les fleurs étaient non-seulement beaucoup plus grandes, mais beaucoup plus belles; on les eût cru veloutées.

La jeune fille n'en fut que plus active à soigner ces fleurs, qui s'embellissaient par son travail. Un mois après, elle fut témoin de métamorphoses encore plus extraordinaires. Les petits fleurons jaunes qui formaient le disque intérieur disparurent ; ils firent place à de nouveaux pétales, et ces pétales eux-mêmes se nuancèrent de diverses couleurs. Les uns devinrent d'un rouge pâle, les autres tout-à-fait roses, d'autres d'un bleu tendre. Ceux qui conservèrent leur couleur primitive étaient d'une blancheur plus éclatante.

Marguerite, au comble de la surprise et du bonheur, fit voir à sa mère les fleurs une à une, et lui demanda comment ces changements admirables avaient pu s'opérer.

— Ce sont les soins qui les ont produits, répondit la mère; Dieu, dans sa bonté, a permis à l'homme d'améliorer par son travail tout ce que la nature lui offre de bon et d'utile. Ces plantes superbes qui ornent nos jardins, ne sont dans l'état de nature que de jolies fleurs. Vois la différence qui existe entre une églantine et une rose, c'est cependant la même fleur : mais la rose a été embellie par la culture. Il en est de même des fruits ; les poires, les pommes, les pêches, dont la saveur est si délicieuse, viennent sur des arbustes, qui naturellement ne portent que des baies sauvages, bonnes tout au plus pour les animaux.

Ces animaux aussi, tu le sais, s'améliorent beaucoup par nos soins. La toison du mouton devient plus épaisse, le lait de la vache meilleur, et la poule donne des œufs tous les jours au lieu d'une vingtaine par année. C'est ainsi que des travaux assidus trouvent leur récompense, et que l'homme devient le maître de la nature.

L'homme lui-même est soumis à cette loi, il ne peut acquérir de bonnes qualités, de la piété et des vertus, que par les soins qu'on lui donne dans son enfance. Si on laissait les jeunes filles et les jeunes garçons grandir dans l'inaction, l'oisiveté et la paresse; si on ne leur apprenait à connaître et à adorer Dieu, si on ne leur révélait les mystères de notre sainte religion, enfin si on ne leur enseignait les arts et les sciences, ou du moins ce qui leur en sera nécessaire dans leur position future, ces enfants deviendraient de véritables sauvages, non-seulement inutiles à eux-mêmes et à leurs semblables, mais encore nuisibles et dangereux. Tu peux donc comprendre, ma fille, combien est grand le bienfait de l'éducation; quelle reconnaissance il doit inspirer à ceux qui le reçoivent, et combien sont coupables les enfants qui refusent l'instruction que leurs maîtres, leurs parents et les ministres de Dieu s'efforcent de leur donner.

Cette leçon arrivait bien à propos pour Marguerite, qui se montrait quelquefois peu disposée au travail; elle conçut, par l'expérience qu'elle en avait faite elle-même, quelle différence l'éducation et la culture de l'esprit pouvaient mettre entre les hommes. Chaque fois qu'elle voyait les fleurs, ces idées lui revenaient dans l'esprit ; aussi bientôt son application et ses succès ne laissèrent à sa mère rien à désirer.

Le printemps suivant, Marguerite fit une légère maladie ; lorsqu'elle fut convalescente, il lui resta une propension fâcheuse à l'oisiveté. Elle demeurait inactive pendant une partie du jour, elle voulait se coucher de bonne heure et se lever tard.

Longtemps la mère, inquiète sur la santé de sa fille, hésita à lui faire des remontrances ; mais quand le médecin lui eut déclaré, plusieurs fois, que depuis longtemps il ne lui restait aucune trace du mal que Marguerite avait éprouvé, elle se détermina à lui faire reprendre ses travaux accoutumés.

Les mauvaises habitudes prennent si facilement empire sur nous dans l'enfance, que toute application était devenue pénible à Marguerite. Elle profitait des moindres prétextes pour ne rien faire, et sa mère commençait à concevoir quelque inquiétude.

Un jour que la jeune fille avait passé plusieurs heures dans une oisiveté absolue, sa mère l'engagea à descendre avec elle au jardin, et tout en causant, elle la mena vers cette plate-bande où l'année précédente elle avait transplanté les fleurs de la prairie.

— Tiens, lui dit-elle, regarde donc ces fleurs qui étaient si jolies l'année dernière !

Marguerite y jeta les yeux nonchalamment, croyant les retrouver telles qu'elle les avait laissées ; mais quelle fut sa surprise et même son chagrin, en voyant que presque toutes étaient redevenues ce qu'elles avaient été jadis dans la prairie, des fleurettes jaunes et blanches. Celles qui ressemblaient aux jolies fleurs qui l'année d'auparavant avaient si bien orné la plate-bande, étaient dans un état de dépérissement évident ; déjà le nombre de leurs pétales diminuait, leurs couleurs étaient moins vives, et l'on pouvait bien prédire qu'avant peu ce ne serait que des fleurs de la prairie.

— Oh ! mon Dieu, que cela est triste et désolant ! quoi ! tout mon travail est perdu ! Ces fleurs n'ont rien conservé de l'éclat qu'el- les avaient l'année dernière.

— Voilà ce qui arrive, répondit la mère, quand on cesse de cultiver les plantes ; les mauvaises herbes croissent à l'entour, elles manquent d'eau, de bonne terre, et redeviennent ce qu'elles étaient avant que la culture les eût améliorées. Pour conserver ce que l'on a obtenu, il faut beaucoup d'assiduité et de constance; il en est de même de l'éducation des enfants, il ne suffit pas de la commencer et d'obtenir quelques résultats ; si l'on ne va pas jusqu'au bout, l'on perd ce qu'on avait acquis ; l'oisiveté et la paresse, comme de mauvaises herbes, étouffent les bonnes dispositions, la piété, l'amour du travail.

Marguerite se reconnut dans le tableau que faisait sa mère ; elle lui jeta en pleurant les bras autour du cou, et lui dit qu'à partir de ce moment elle et ses fleurs allaient redevenir ce qu'elles avaient été jadis. Elle tint parole, dès le jour même, et s'appliqua avec zèle à tous les travaux que sa mère lui indiqua. Elle se mit aussi à soigner avec une attention quotidienne les petites fleurs de la prairie. A mesure qu'elle réussissait à acquérir pour elle-même de nouvelles connaissances et de nouvelles qualités, les fleurs acquéraient de nouvelles beautés. Enfin elle parvint à être citée comme un modèle de ce que peut produire la bonne éducation ; et ses fleurs en même temps devinrent si éclatantes, que les amateurs de jardin venaient lui en demander, et qu'on les désigna depuis sous son nom : on les appelle encore aujourd'hui des MARGUERITES.

L'ANNEAU MAGIQUE.

M. DEVILLE avait été obligé de se rendre au Mexique pour recueillir une importante succession qui lui était échue dans ce pays ; comme il n'avait en France aucune fortune, sa famille avait vu arriver cet événement avec le plus grand plaisir.

Deux ans après son départ, le bruit se répandit que le navire sur lequel il revenait avec ses richesses avait été capturé par un corsaire. Cette nouvelle était fausse, car quelques mois après M. Deville aborda à Marseille, sa ville natale, avec la fortune qu'il avait recueillie.

Dans la traversée, il s'était lié d'amitié avec M. Raymond, jeune médecin, qui avait fait le voyage pour s'établir au Mexique, et qui revenait en France ; le climat du pays ne convenait point à sa santé.

En abordant, M. Deville apprit que toute sa famille, réunie dans une maison de campagne à une demi-lieue de la ville, célébrait la fête d'une parente. Pressé du désir de revoir ses proches après une si longue séparation, il se hâta d'aller les joindre, sans se donner le temps de faire parvenir ses bagages à terre, et encore vêtu de l'habit qu'il avait porté pendant toute la traversée. Cet habit était, il faut le dire, plus que modeste et détérioré par un long usage.

M. Deville pria M. Raymond de l'accompagner, il lui assura qu'on le recevrait à bras ouverts. Ils arrivèrent tous deux à la maison de campagne où la famille était assemblée. La maîtresse de la maison fut appelée ; c'était une tante de M. Deville ; elle jugea, d'après le costume de son neveu, que la nouvelle répandue n'était que trop vraie et qu'il revenait privé de toute ressource. Elle lui fit un froid accueil ; toutefois, elle ne crut pouvoir se dispenser de l'introduire, ainsi que son ami, dans la salle où l'on était réuni à table.

Les convives n'en jugèrent pas autrement que la maîtresse du logis, et leur conduite ne différa guère de la sienne. Aucun d'eux ne parla du malheur éprouvé par M. Deville ;

ils craignaient tous que le récit des infortu-
nes du parent ne fût suivi d'une demande de
secours.

Une seule personne paraissait prendre intérêt au cousin nouvellement débarqué;
c'était la fille de la maison. Elle s'empres-
sait de le faire servir, ainsi que son ami, et
tâchait, par ses attentions, de lui faire oublier
la réception bien froide des autres membres
de la famille.

M. Raymond était fort contrarié d'avoir
consenti à accompagner un homme dont le
retour faisait sur sa famille une impression si
fâcheuse, il se plaignait tout bas a M. Deville
de ce qu'il l'avait mis dans une fausse position.

— Vous vous inquiétez pour bien peu de
chose, lui dit celui-ci; savez-vous pourquoi
l'on me fait mauvaise mine?

— Vraiment, non, je n'en puis comprendre
la cause.

— C'est qu'un enchanteur m'a jeté un sort
qui me rend méconnaissable.

— Quelle plaisanterie!

— Heureusement j'ai sur moi un anneau
magique qui va détruire l'enchantement.

En disant ces mots, il tira d'un petit écrin,

qu'il avait dans sa poche, une magnifique bague de diamant et la mit à son doigt. Les pierres jetaient un tel éclat, que bientôt elles attirèrent l'attention des personnes qui étaient placées près de M. Deville. La nouvelle passa de bouche en bouche, et comme le joyau était de très grand prix, tout le monde pensa qu'il fallait être fort riche pour le posséder, et qu'un homme nécessiteux eut dû en faire depuis longtemps ressource.

Alors celui qui avait été si froidement accueilli, parce qu'on le croyait pauvre, fut, dès qu'on le crut riche, accablé de marques d'affection et de prévenances; chacun lui fit fête, toutes les figures s'épanouirent, on lui demanda le récit de son voyage, et quels étaient ses projets pour l'avenir; enfin, ses plus proches parents ne pouvant plus modérer l'ardeur de l'amitié qu'il venait si subitement de leur inspirer, se levèrent de table pour l'embrasser; les autres vinrent lui serrer la main.

— Eh bien ! dit M. Deville à son ami, maintenant croyez-vous à la vertu de mon anneau magique ?

— Mais oui, dans un certain sens j'y crois. Le mauvais sort qu'on avait jeté sur vous, c'était ce vieil habit qui vous donne l'air d'un homme ruiné, et la bague de diamant a rompu ce charme en montrant qu'il couvre un Crésus.

Le soir, en faisant ses adieux à sa famille, M. Deville mit la belle bague au doigt de sa jeune cousine en lui disant :

— Permettez à votre cousin qui est riche de vous témoigner la reconnaissance que vous doit le cousin que vous croyiez pauvre.

LES BUISSONS.

M. l'abbé OLIVIER, jeune ecclésiastique, s'était toujours senti une grande propension à s'occuper de l'éducation de la jeunesse ; il avait un frère aîné nommé Pierre, qui, après quelques années de mariage, se trouvait chargé d'une nombreuse famille. A l'âge de vingt-huit ans, M. Olivier obtint une cure dans un gros bourg près de Poitiers, et alors il demanda à son frère de lui envoyer ses deux fils aînés, lui proposant de les garder près de lui et de les instruire. Afin de déguiser le service qu'il voulait rendre à sa famille, il ne parlait guère dans sa lettre que du vif plaisir qu'il se promettait dans la société de deux enfants aussi aimables que Philibert et Alexandre, ses deux neveux.

M. Pierre Olivier s'empressa de déférer à la demande de son frère, car il savait ne pouvoir rien faire de plus avantageux pour ses fils que de leur donner un instituteur bon, savant et pieux comme leur oncle.

Les deux enfants arrivèrent au presbytère, et M. Olivier fut charmé de l'air de ses élèves ; ils étaient doux, bien élevés et déjà possédaient quelques connaissances. De leur côté, ceux-ci se plurent beaucoup avec un maître qui savait exciter sans cesse leur attention, piquer leur curiosité, et enfin leur rendre l'étude facile et agréable.

Dans toutes les leçons que l'abbé Olivier donnait à ses neveux, il remontait à la cause première ; quand il leur faisait admirer les beautés de la nature, le lever du soleil, le ciel, qui pendant la nuit s'illumine de mille feux, il leur rappelait que l'auteur de ces merveilles c'est Dieu. Il leur disait souvent que plus l'homme est savant, plus il trouve de motifs d'admirer la bonté et la puissance du créateur ; car, la science démontre que dans la nature rien n'existe en vain ; que les choses qui nous semblent au premier aspect nuisibles ou inutiles, sont souvent les preuves les plus convaincantes de l'intelligence infinie qui a présidé à la création.

Dans les premiers jours du printemps, l'oncle et les deux neveux étaient, vers le soir, à se promener au milieu des champs. Philibert et Alexandre regardaient défiler devant eux un beau troupeau de moutons. L'oncle leur expliquait quel usage on fait de la laine, et leur apprenait à admirer la prévoyance admirable qui, à l'approche de l'hiver, rend plus épaisse la fourrure ou la toison des animaux, afin de les mieux garantir des frimas.

En causant ainsi, ils vinrent à passer devant un gros buisson d'aubépine, et Philibert, en s'en approchant un peu trop, eut la figure légèrement égratignée par une branche qui avançait sur le chemin ; il s'écria avec impatience :

— Ah ! mon Dieu, pourquoi y a-t-il des buissons pleins d'épines, qui viennent ainsi déchirer la figure des passants ?

— Comment ! Philibert, répondit son oncle,

tu voudrais que les buissons se dérangeassent pour te faire place ?

— Je ne suis pas si exigeant, mais je voudrais que l'on me dît à quoi sont bonnes les épines qui m'égratignent ! et voyez, ce n'est pas à moi seul qu'elles font du mal ! Toutes leurs branches du bas sont chargées de flocons de laine que les pauvres moutons se sont laissé enlever, en passant, par ces méchantes pointes.

— Vraiment, Philibert, je crois que tu as raison, dit à son tour Alexandre, les buissons sont des brigands qui attendent les gens sur les chemins pour verser leur sang ou les voler ; ce serait, je crois, faire une bonne œuvre que de les détruire.

— Une bonne œuvre, mon cher neveu ? le croyez-vous ? Alors je suis des vôtres ; il est trop tard ce soir pour la commencer, mais demain matin nous nous lèverons au point du jour pour nous mettre à détruire ces méchants buissons. Nous ferons bien de ne pas perdre notre temps, car il me semble qu'il y en a beaucoup et partout.

Les deux enfants furent étonnés de cet assentiment ; toutefois leur attention fut bientôt détournée, et ils ne pensèrent plus aux épines.

Le lendemain matin, leur oncle les fit lever dès l'aurore.

— Partons, disait-il, prenez chacun une serpe et allons abattre tous les buissons épineux, qui ne sont bons à rien.

Alexandre et Philibert se hâtèrent, quoiqu'un peu surpris, et suivirent leur oncle. En arrivant en haut d'une colline, ils aperçurent les buissons qui avaient excité la mauvaise humeur de Philibert; c'était une partie de la clôture d'un vaste champ de blé, dont la tendre verdure ressemblait à un tapis de couleur d'émeraude. L'aubépine qui formait les haies en grande partie, était alors tout en fleurs, et formait d'immenses bouquets, embaumant au loin la campagne.

— Eh bien! Philibert, dit M. Olivier, voilà ton ennemi : en avant! marche !

— Mon oncle, j'ai scrupule de détruire des arbustes aussi jolis.

— Puisqu'ils te sont nuisibles, à toi, aux moutons, à tout le monde.

— Quant à moi, j'aurais dû me déranger, je ne me plains plus.

— Au fait, je crois, comme toi, que tu as

crie sans motif sérieux ; tu pouvais le détour-
ner d'un buisson, comme de tout autre objet
inanimé ; mais les moutons, les pauvres moutons, dont les buissons volent la laine, il faut
songer à eux, ils n'ont pas l'instinct de se dé-
fendre contre de telles attaques ! Avançons
donc, et préparez vos serpes.

En approchant de la haie les enfants virent
un grand nombre d'oiseaux. Les uns pre-
naient dans leur bec un brin de la laine restée
aux buissons et s'envolaient ; les autres se
disputaient un petit flocon, chacun en attra-
pait sa part et suivait les premiers, puis revenait ; enfin les oiseaux faisaient si bien
qu'il ne restait presque plus de laine aux
buissons.

— Ah ! mon frère, vois donc, disait
Alexandre ; les oiseaux mangent-ils donc de
de la laine ?

— Je crois que c'est pour leur nid qu'ils
viennent la recueillir.

— C'est donc à présent que les oiseaux
construisent leur nid, Philibert ?

— Oui, vraiment, et cela me fait naître
une idée ; dites-moi, mon oncle, les moutons
laissent en tout temps de la laine aux buissons ?

— Non, mon ami, c'est seulement après le temps froid, lorsque leur toison est près de se dégarnir.

— Oh! mon oncle, maintenant je reconnais ma faute ; hier j'oubliais vos leçons quand je supposais que Dieu pouvait avoir fait quelque chose sans but et sans utilité! Oui, les buissons sont une œuvre bien touchante! s'ils recueillent cette laine qui devient inutile aux brebis, c'est pour la donner aux oiseaux, afin que leurs nouveau-nés aient chaud et soient mollement couchés dans leur nid.

En ce moment arriva le fermier auquel appartenait le champ de blé que les buissons entouraient ; il salua son curé respectueusement, lui souhaita le bonjour, puis il demanda ce qui l'amenait de si bon matin dans les champs. M. Olivier lui conta, en souriant, l'aventure, et termina en lui disant pour quelle raison ses neveux avaient renoncé à leur projet.

— Vos motifs sont très bons, mes petits messieurs, dit le fermier, cependant permettez-moi de vous dire qu'il y en a de meilleurs à y ajouter.

Non-seulement les buissons sont agréables à voir et généreux pour les petits oiseaux, mais encore ils sont pour les hommes de la plus grande utilité. Voyez la haie qui entoure ce champ de blé, il ne pourrait y passer un lapin, aussi le blé n'est mangé ni par les bêtes fauves, ni par les bestiaux ; mon jardin n'a pas d'autre enceinte, et elle le défend mieux qu'un mur. Ah ! les buissons d'épines sont un grand bienfait de la Providence pour les gens de la campagne ; ils forment des clôtures excellentes qui ne coûtent presque rien, qui s'améliorent chaque année et qui donnent même un peu de bois.

Cette leçon s'est gravée pour toujours dans le cœur d'Alexandre et de Philibert ; jamais ils n'ont oublié que toute œuvre de Dieu a son utilité, évidente ou cachée.

LE JUGEMENT D'UN SAGE.

(APOLOGUE ORIENTAL.)

BEN-ZABÈS était un sage de l'Orient ; il voyageait de ville en ville, visitait les peuples, étudiait leurs mœurs, conférait avec les prêtres, avec les savants, et partout recueillait ce qu'il y avait de bon dans les coutumes et dans les lois, ce qu'il y avait de vrai dans les traditions et dans les annales. En échange de ces trésors de science qu'il amassait péniblement, il était toujours prêt à faire jouir chaque pays, et même tout homme qui le consultait, de la divine sagesse, fruit de sa longue expérience et de ses immenses travaux. Partout on le surnommait le Sage, on lui soumettait à décider les questions les plus épineuses, et il était très rare que ses réponses ne satisfissent pas ceux qui s'adressaient à lui.

Un jour, il arriva, sur le midi, dans un petit village du Curdistan, dont j'ai oublié le nom ; il vit tous les habitants réunis sur la place publique ; riches et pauvres, petits et grands, hommes, femmes, vieillards, enfants, maîtres et serviteurs, la réunion était complète, personne n'y manquait. On était gravement occupé : les uns discutaient, d'autres étaient attentifs à ce qui se passait dans une enceinte réservée, où trois derviches, les anciens du village et le cadi (le magistrat du lieu), paraissaient tous fort embarrassés et dans une grande anxiété d'esprit.

Ben-Zabès passa à travers la foule, qui ne

le regarda même pas, et s'approcha du cadi.

« Ah ! s'écria celui-ci en l'apercevant, voici le sage Ben-Zabès ; c'est le ciel qui l'envoie pour nous tirer de peine. »

Tous les regards se portèrent alors sur le Sage, qui salua l'assemblée et demanda ce dont il s'agissait et ce qu'on souhaitait de lui.

Le plus vieux des derviches prit la parole : il expliqua qu'un riche habitant était mort le mois précédent, et que, n'ayant pas de famille, il avait légué tous ses biens à celui que les anciens et les derviches reconnaîtraient pour le plus vertueux. Plusieurs concurrents avaient été désignés par la voie publique (la véritable vertu est toujours modeste), et l'on ne savait qui choisir. « Mais vous, dont la sagesse remplit toute l'Asie, vous saurez bien vite discerner quel est le plus vertueux des prétendants. Au nom de mes collègues, je vous supplie de décider entre eux. »

Ben-Zabès s'assit, et l'on fit paraître devant lui les concurrents.

Vint d'abord un pauvre homme qui, après avoir été longtemps en service dans la maison d'un laboureur, avait vu son maître ruiné par une inondation, au moment où la vieillesse lui enlevait toutes les forces de l'esprit et du corps. Ses parents, ses voisins l'avaient abandonné, soit qu'ils ne pussent le secourir, soit qu'ils eussent eu quelquefois à souffrir du caractère un peu rude du laboureur ; mais le serviteur était resté fidèle à l'infortune, et avait nourri son ancien maître du fruit de ses travaux.

Vint ensuite une jeune fille qui avait refusé un riche établissement pour ne pas abandonner sa mère malade, dont celui qui voulait l'épouser ne pouvait souffrir la présence.

Vint ensuite un homme qui, dans un incendie, avait laissé périr tout ce qui lui appartenait pour sauver la vie d'un voyageur qu'il ne connaissait pas et auquel il donnait l'hospitalité.

— N'y a-t-il plus personne ? demanda Ben-Zabès.

— Il y a encore un concurrent, mais nous ne vous le présentions pas, parce que tous, excepté le cadi, nous lui avions préféré les trois autres.

— Faites-le venir, dit le Sage ; votre cadi est homme de sens, son opinion vaut la peine qu'on l'examine.

Vint alors un habitant du village, d'une

figure douce et paisible, et qui était entouré de plusieurs enfants. Quels sont vos titres? lui demanda-t-on.

— Moi, répondit-il, je n'en ai aucun ; je suis honteux qu'on m'ait mis sur le même rang que ce serviteur fidèle, que la jeune fille qui a sacrifié son bonheur au bien-être de sa mère, et que mon voisin qui a sauvé son hôte au prix de sa maison. C'est le cadi qui l'a voulu, et cela parce que j'ai bien élevé mes enfants, et que j'ai pu rendre le même service à quelques pauvres orphelins, qui aujourd'hui sont de vrais croyants et peuvent vivre honorablement de leur travail.

— Eh bien! tu recueilleras le legs. Les autres ne doivent passer qu'après toi, car les livres sacrés des anciens Perses disent : « Si vous voulez être saint, instruisez les enfants, car toutes les bonnes actions qu'ils feront seront vos œuvres. »

LE CONCERT IMPROVISÉ.

(ANECDOTE.)

Il y a quelques années, je connaissais à Paris un compositeur fort distingué auquel je donnerai le nom de SAVIGNY. Comme la carrière de la gloire n'est pas toujours celle de la fortune, surtout pour ceux des musiciens qui songent plutôt à composer de la musique qu'à exécuter celle des autres, Savigny n'était pas riche ; il avait, il est vrai, une place de professeur ; il avait le titre de maître de chapelle d'un prince d'Allemagne ; plusieurs de ses ouvrages étaient représentés ou exécutés dans des concerts ; mais comme il était sans ambition et sans intrigue, tout cela ne lui composait qu'une existence fort bornée. De plus, il s'était marié à une jeune femme sans fortune qui l'avait laissé veuf avec deux enfants, après avoir épuisé les ressources et même engagé l'avenir de la famille par les dépenses qu'avait occasionnées une très longue et très douloureuse maladie. En un mot,

M. Savigny, obligé par sa situation de conserver les apparences de la fortune, parvenait tout juste à la fin de l'année à niveler ses recettes et ses dépenses.

Un jour, avec ses deux enfants, Charles et Hélène, il allait en cabriolet de louage faire une visite aux Thernes, village près de Paris, il suivait l'avenue de Neuilly, alors encombrée de promeneurs à pied, à cheval ou en voiture. M. Savigny fit remarquer à ses enfants trois musiciens ambulants, s'apprêtant à donner un échantillon de leur talent à un petit auditoire qui commençait déjà à former le cercle autour d'eux.

— Ce sont des confrères, disait-il ; je ne les crois pas bien forts sur l'exécution ; mais enfin, comme nous, ils s'occupent de la musique, et vous savez bien qu'il en faut pour toutes les oreilles. D'ailleurs, je dois dire que parmi ces musiciens des rues on trouve parfois des talents enfouis, écoutons ceux-là, il y a peut-être parmi eux un Paganini.

Hélène, qui était une jeune demoiselle de quinze ans, et Charles, qui n'avait qu'un an de moins que sa sœur, tous deux déjà fort habiles musiciens, accueillirent en riant cette idée. M. Savigny, riant lui-même, fit arrêter le cabriolet; il eut bientôt regret de sa curiosité, les deux violons dont jouaient le père et la mère, la harpe dont pinçait leur petit garçon, faisaient un charivari qui mit en fuite le petit nombre d'assistants. M. Savigny, désappointé, se préparait aussi à faire retraite.

— Vraiment, dit-il à ses enfants, je ne les supposais pas si mauvais ; cette femme tenait son violon avec une fermeté qui permettait quelque chose de mieux ; le père a une barbe blanche comme celle d'Ossian ! Allons, je vois bien qu'il n'en a que la barbe.

En parlant ainsi, il commençait à faire avancer son cheval; il se trouvait devant les musiciens, quand un équipage conduit à l'anglaise par un jeune fou et lancé au grand trot de deux chevaux vigoureux, vint heurter le cabriolet et le renversa. M. Savigny et ses enfants furent seulement froissés, mais la musicienne ambulante reçut un coup de pied du cheval, elle eut la jambe cassée ; le jeune homme auteur de cet accident se sauva à toute bride, quelques efforts que l'on fît pour arrêter ses chevaux.

La pauvre femme poussait des cris de douleur, son mari et son fils gémissaient et disaient qu'ils étaient ruinés pour toujours. M. Savigny, qui s'était bien vite dégagé, perça la foule assemblée autour de la femme blessée, prit tout de suite les dispositions nécessaires pour la faire transporter à l'hospice le plus voisin et vint rejoindre ses enfants; il songeait avec peine que son état de fortune ne lui permettait pas de réparer le mal qu'un homme, riche sans doute, venait de causer à des malheureux.

Il retrouva au milieu de la foule le petit garçon avec la harpe et les deux violons; quelques personnes cherchaient à le consoler, d'autres lui donnaient de l'argent, quelques-uns des conseils, d'autres enfin proposaient d'ouvrir une souscription.

Tout-à-coup une idée singulière s'empara de M. Savigny; son cabriolet de louage était relevé, et Charles, assisté de quelques officieux, le visitait et réparait le désordre des harnais.

— Viens, mon ami, lui dit son père, viens avec ta sœur; voyons si à nous trois nous ne pourrons pas faire quelque chose pour nos compagnons d'infortune; prends le meilleur des deux violons, moi je vais prendre la har-

pe. Allons, un concert au profit de la femme
blessée.

Aussitôt les deux instruments furent d'accord, ce qui ne leur était pas arrivé depuis
longtemps, et une harmonie comme on n'en
entend point dans les rues attira en quelques instants un immense concours. M. Savigny fut reconnu ; son nom et le motif de son
action extraordinaire circulèrent dans les
groupes. Un de ses amis qui se trouva par là
par hasard prit Hélène par la main et commença avec elle une quête *pour la pauvre
musicienne blessée*. La recette fut très abondante ; la foule se composait d'oisifs, c'est-à-
dire de gens riches pour la plupart. Bientôt
Hélène, appelée par son père, prit à son tour
la harpe, et, s'accompagnant avec une rare
habileté, fit entendre les accents délicieux
d'une voix pure et sonore.

On n'eut pas besoin de continuer la quête ;
chacun s'empressa d'augmenter et de doubler
son offrande, car tout le monde était enchanté
de voir de si beaux talents consacrés à une
si bonne action. La recette s'éleva à plus de
douze cents francs. M. Savigny la remit au
père, qui était venu chercher le jeune garçon
et ses instruments, et comme le pauvre homme se confondait en remerciments :

— Allons, allons, lui dit le compositeur, ne parlons plus de cela ; entre confrères, il se faut entr'aider ; seulement il est bien entendu que c'est à charge de revanche.

LE VOYAGE.

Lorsque Abraham eut enseveli son père dans le pays des Chaldéens, le Seigneur lui dit :

— Quittez votre patrie, vos parents, vos amis, et marchez vers la terre que je vous montrerai. Je ferai sortir de vous un grand peuple, je vous bénirai, je rendrai votre nom célèbre et vous serez le père de ceux qui croiront en moi.

Abraham fit aussitôt ce que le Seigneur lui ordonnait. Il prit avec lui Saraï sa femme, et Lot, fils de son frère, avec tout ce qu'il possédait à Haran, et il partit pour la terre promise.

Après avoir marché longtemps, il rencontra sur la route une caravane de marchands qui revenaient de Tyr, d'Egypte et d'Arabie, avec leurs chameaux chargés d'or et d'argent, de pierreries et d'ivoire, de fin lin, de

soie, de pourpre, de toute sorte de bois précieux, de froment, d'huile, de parfums et de
toutes les richesses de la terre.

— Où allez-vous, lui dirent-ils, et quel est
le but de votre long voyage ?

— Je vais, répondit Abraham, vers une
terre éloignée.

— Et quel est le nom de cette terre, lui
dirent encore les marchands, quelle est la
route qui y conduit ?

— J'ignore le nom de cette terre, et je ne
connais pas la route qui y conduit, répliqua
le père des croyants.

Les marchands se mirent à secouer la tête,
comme pour se moquer d'Abraham, et dirent :

— Singulier voyage! si vous ignorez à la fois
le but et le chemin, venez avec nous et sui-
vez les pas de nos chameaux, plutôt que de
vous égarer dans le désert où aucune route
n'est tracée.

— Non, répondit le Patriarche; celui qui
m'a appelé saura bien me conduire, et je
crois à sa parole.

Alors les marchands s'éloignèrent en le
raillant de sa foi crédule. Mais lui continua sa
route et arriva dans la terre promise.

LES CERISES.

Henri Muller était greffier de la justice de paix d'une petite ville non loin de Saint-Quentin. Il s'était marié de bonne heure, et à l'âge de trente-cinq ans il se trouvait être l'époux d'une femme jeune encore, et père d'une fille de douze ans, nommée Caroline. Le revenu que lui procurait son emploi était très borné, mais, grâce à l'économie de madame Muller, il se trouvait suffire à tous les besoins de la famille.

Les époux habitaient une petite maison près des portes de la ville; là, ils étaient vraiment à la campagne. Derrière la maison il y avait un petit jardin rempli de fleurs et un grand clos où l'on cultivait des légumes, des arbres fruitiers, et qui fournissait l'herbe nécessaire pour la nourriture d'une vache et de deux chèvres.

Le jour même de la naissance de sa fille, Henri Muller planta dans le clos un cerisier nain, qui devait donner d'excellentes cerises et rester toujours assez peu élevé pour qu'un enfant de quelques années pût y atteindre. Il destinait l'arbre à sa fille, et voulait qu'il de - vînt sa propriété.

Au printemps suivant, alors que la petite fille commençait à sourire à son père et à sa mère, l'arbre, par une touchante coïncidence, se para pour la première fois de ces beaux bouquets blancs et parfumés qui précèdent l'apparition des fruits, de même que chez l'enfant les grâces naïves et touchantes précèdent les vertus.

On apporta la petite Caroline ; elle se réjouit à l'aspect des belles fleurs et tendit vers elles ses petites mains.

L'année suivante, quand l'arbre fleurit de nouveau, Caroline pouvait se tenir sur ses pieds mignons, et elle ne se trouvait jamais mieux que quand elle jouait et s'ébattait à l'ombre de son cerisier. Dès lors toute la récolte de cet arbre lui appartint; elle n'était pas, il est vrai, bien considérable.

L'arbre et l'enfant crûrent ensemble; le père prenait soin de l'un et de l'autre. De même qu'il écartait tout ce qui pouvait être nuisible au cerisier, qu'il en arrachait toutes les mauvaises herbes, qu'il y apportait de l'eau et de la bonne terre, de même il cultivait l'esprit naissant de son enfant, réformait et détruisait tout ce qu'il pouvait y avoir en elle de défectueux ; lui indiquait les idées de morale, de piété et de vertu.

La mère, de son côté, s'occupait sans cesse de sa fille ; dès qu'elle balbutia les premiers mots, elle lui enseigna à prononcer les noms de Jésus et de Marie, en même temps que ceux de son père et de sa mère. Elle lui apprit que de même qu'elle avait un père sur la terre, elle avait dans les cieux un autre père qui était aussi celui de tous les hommes ; que ce bon père avait créé, pour le bonheur de tous, le ciel, la terre, les astres, les fruits, les fleurs et les animaux.

Dès qu'elle parla un peu mieux, la petite fille récita des prières ; puis quand on lui eut expliqué tout ce qu'a d'auguste et de sacré le saint sacrifice de la messe, on lui permit d'y assister et de joindre ses prières aux prières communes.

L'instruction de Caroline ne fut pas non plus négligée ; son père et sa mère s'attachaient, à l'envi, à lui apprendre à lire et à écrire, et à lui donner les notions qu'une jeune fille bien élevée doit avoir en géographie, en histoire, en arithmétique et dans les autres sciences d'une utilité de chaque jour.

Cette étude ne fit pas oublier les travaux d'aiguille, les soins du ménage; et lorsque Caroline eut atteint l'âge de douze ans, à l'époque où commence notre récit, c'était une jeune personne douce, pieuse, instruite et capable de bien diriger une maison.

Alors le cerisier était dans toute sa beauté; à chaque printemps il se couvrait de fleurs innombrables, et bientôt après d'un ample produit de beaux fruits, dont Caroline disposait seule; elle ne les mangeait pas, comme dans ses premières années; mais à elle seule était réservé le plaisir de les offrir à ses parents et aux amis qui venaient les visiter quelquefois; aussi Caroline préférait-elle son cerisier aux fleurs les plus magnifiques et aux fruits les plus exquis.

La guerre désolait alors la France; un corps d'armée arriva jusque dans les environs de la petite ville où demeuraient M. et madame Muller. On se battit, et pendant quelque temps le théâtre de la guerre semblait fixé dans la province. La ville fut prise et reprise plusieurs fois; beaucoup de maisons furent brûlées; les provisions étaient enlevées par les soldats des deux partis; de telle sorte qu'il devint très difficile de se procurer les choses les plus nécessaires à la vie. Le pain, la viande, les légumes, les fruits, se vendaient au poids de l'or. Non-seulement les pauvres gens, mais même ceux qui avaient quelques ressources, comme Muller, éprouvèrent de dures privations.

Une grande bataille fut livrée presque aux portes de la ville, et précisément du côté où demeurait le greffier. Les balles venaient briser ses vitres; plus d'un boulet de canon porta le ravage dans son clos et dans son jardin. On était forcé de se mettre à l'abri dans les caves. Peu à peu le bruit cessa, le gros des troupes s'éloigna. Au moment où Muller voulait aller s'informer de ce qui se passait, des cris *au feu* se firent entendre; des obus avaient incendié plusieurs maisons; il s'empressa de dire à sa femme et à sa fille qu'elles pouvaient provisoirement rentrer chez elles, et il se hâta d'aller porter du secours sur le lieu de l'incendie.

Quelques instants après son départ, madame Muller entendit sonner à la porte; supposant que c'était son mari qui revenait sur ses pas, elle descendit pour lui ouvrir, et elle fut saisie d'effroi en apercevant un militaire à cheval ; celui-ci se hâta de lui dire qu'il la suppliait, au nom du Dieu vivant, de lui donner quelque chose pour apaiser sa faim et sa soif, ne fût-ce qu'une croûte de pain dur et un verre d'eau.

En entendant cette demande et en voyant le visage exténué du militaire, qui était un jeune officier de hussards :

— Venez, lui dit-elle ; qui que vous soyez, je ne puis vous refuser la nourriture qui vous est nécessaire et que vous me demandez au nom de Dieu.

Elle le fit entrer dans la maison, referma promptement la porte et s'empressa de lui offrir un peu de pain frais et une bouteille de vin qu'elle alla déterrer dans un coin du jardin.

— Excusez-moi, lui disait-elle en le servant, de vous donner si peu de chose ; mais, en vérité, c'est tout ce qu'il y a dans la maison, et je ne saurais m'en procurer davantage. L'officier la comblait d'actions de grâce.

— Je vous devrai la vie, Madame, répondait-il gaîment ; car moi qui ai bon appétit, voilà vingt-quatre heures que je meurs de faim, tout en me battant et en galopant dans la plaine.

Au même moment, Caroline arriva ; elle tenait à la main une belle assiette de porcelaine blanche presque pleine de cerises bien mûres et bien rouges ; elle les présenta à l'officier.

— D'où viennent ces cerises ? grand Dieu ! s'écria-t-il ; c'est le fruit que j'aime le mieux ; mais je n'aurais pas cru qu'il y en eût aujourd'hui une seule dans le pays ; nos soldats ont si bien fourragé partout ! pour avoir échappé à leur main rapace, il faut que ces cerises aient poussé dans une cave, ce n'est pourtant pas ordinairement là qu'on plante les cerisiers.

— Ces cerises ont été cueillies sur un arbre nain qui aura échappé à l'attention des soldats, répondit la mère : quant à nous, nous n'y touchons jamais, parce que cet arbre appartient à ma fille ; il a été planté le jour de sa naissance.

— Et vous m'en donnez les fruits, ma jolie demoiselle ! dans un moment comme celui-ci, c'est un beau présent ; mais j'aurais honte de l'accepter. Je ne veux pas vous priver d'une seule de vos cerises.

La mère et la fille se réunirent pour vaincre les scrupules de l'officier, auquel les cerises faisaient évidemment envie.

Tout-à-coup il entendit sonner la trompette, et s'écria :

— Allons ! il faut partir ; voilà une musique qui m'appelle. Il se hâta de ceindre son sabre, qu'il avait quitté, et de remettre ses gants ; madame Muller le força de prendre encore un verre de vin ; Caroline enveloppa bien vite les cerises dans une feuille de papier et les lui mit dans la main, en lui disant :

— Monsieur, il fait très chaud, peut-être avant la fin du jour ces cerises seront-elles pour vous un rafraîchissement nécessaire.

— Mais où les mettrai-je ? dit l'officier ; je n'ai pas une poche vide ; un soldat porte tout sur lui.

— Allons ! Monsieur, mes cerises trouveront bien une petite place.

Elle insista avec tant de bienveillance et de gentillesse, que l'officier tira de sa poche un portefeuille de maroquin où il y avait d'un côté quelques papiers ; l'autre était vide ; il y mit les cerises et salua les dames en leur disant :

— Vous m'avez témoigné au milieu du

désastre général une bonté et un intérêt qui me touchent d'autant plus que j'y suis moins habitué. On nous craint, nous autres militaires, cependant à peine pouvons-nous obtenir le nécessaire ; mais vous, Madame, vous m'avez donné le superflu par pure bienveillance ; acceptez tous mes remercîments ; un instant vous m'avez fait croire que j'étais au sein de ma famille.

En achevant ces mots, il entendit résonner de nouveau la trompette ; il courut à son cheval et partit comme l'éclair en faisant aux dames des signes d'adieu.

M. Muller revint dès qu'on eut triomphé de l'incendie. Quelques jours se passèrent assez tranquillement. Bientôt une bataille nouvelle eut lieu. Cette fois, la moitié de la ville fut brûlée ou détruite par les boulets, et la maison de la malheureuse famille se trouva du nombre. Alors le greffier, sa femme et sa fille quittèrent cette ville où ils n'avaient ni pain ni asile, et se réfugièrent à Tours, où ils devaient trouver des parents, peu fortunés il est vrai, mais qui pourraient, dans le premier moment, leur donner les secours indispensables. M. Muller se trouvait ruiné complètement.

Au bout de quelque temps, la paix se fit ; les provinces qui avaient été désolées par la guerre s'efforçaient de réparer leurs pertes. Henri Muller retourna dans son pays. De nouveaux malheurs l'y attendaient ; il devait encore une partie du prix de sa maison : le créancier, voyant l'objet qui lui servait de garantie détruit de fond en comble, pressa le malheureux greffier pour en être payé. Le moment n'était guère propice ; aussi la vente du terrain, des matériaux et même de la charge de greffier suffit à. peine pour mettre M. Muller à même de solder ce qu'il devait ; il rejoignit sa femme et sa fille, et leur annonça que ce qu'ils avaient était perdu ; que maintenant Dieu seul pouvait les consoler et rétablir leur fortune.

Près d'une année s'était écoulée depuis que la guerre avait chassé ces malheureux de leur demeure ; jusque-là madame Muller et Caroline avaient vécu chez une vieille cousine ; elles avaient toujours pensé qu'elles pourraient l'indemniser des dépenses qu'elles lui occasionnaient ; la rigueur du créancier de M. Muller leur enlevait cet espoir, elles se firent scrupule d'ajouter plus longtemps aux obligations qu'elles avaient contractées ;

elles louèrent deux chambres et s'y retirèrent.

Le mari chercha à se procurer des copies d'écriture ; la femme se chargea d'ouvrages de broderie, de couture ; Caroline l'aida d'abord ; puis, comme elle avait infiniment de goût et d'habileté, elle entreprit de faire quelques bonnets et quelques chapeaux de femme, elle réussit parfaitement. Ses modes (comme les dames appellent ce genre d'ajustements) plurent à toutes celles qui les virent, et en peu de temps elle parvint, à l'aide d'un travail assidu, à subvenir entièrement aux besoins de ses parents ; il fut même possible de payer quelque chose à la cousine qui s'était montrée si obligeante.

Un après-midi, Caroline sortit pour aller porter un chapeau à madame DE SAINT-FERRE; c'était l'épouse de l'homme le plus riche et le plus considéré de la ville.

En arrivant, Caroline rencontra la femme de chambre, qui lui dit que sa maîtresse l'attendait avec impatience, ou plutôt qu'elle attendait son chapeau ; car sa sœur et son beau-frère venaient d'arriver, et elle voulait aller faire avec eux une visite de cérémonie.

— Vous ne pourriez, ajouta-t-elle, lui

parler en ce moment, parce qu'elle est au jardin avec ses parents; mais je vais lui porter le chapeau, veuillez m'attendre un instant.

Après quelques minutes, la femme de chambre revint et pria Caroline de la suivre. Elle lui dit que probablement la sœur de madame de Saint-Ferre allait lui commander quelques chapeaux, parce qu'elle avait semblé émerveillée de celui qu'elle venait de voir.

La jeune fille, fort satisfaite de cette nouvelle, se rendit au jardin et y trouva les deux dames ensemble, qui regardaient le chapeau dè tous les côtés; leurs maris se promenaient de long en large dans une allée à côté d'elles.

Caroline reçut mille compliments sur son chapeau, et madame DE TILLY (c'était le nom de l'autre dame) la pria de lui faire sans le moindre retard deux chapeaux pour elle.

— Je suis d'autant plus satisfaite, dit alors madame de Saint-Ferre à sa sœur, de te voir t'adresser pour tes modes à Mademoiselle, que je viens d'apprendre qu'elle est digne de tout notre intérêt, non-seulement à cause de son habileté, mais encore par la manière admirable dont elle se conduit à l'égard de son père et de sa mère. J'ai su que sa famille, qui était dans l'aisance, a été ruinée par les désastres de la guerre, et que par son travail de tous les jours Caroline subvient à la plus grande partie des dépenses de ses parents.

Pendant cette conversation, M. de Saint-Ferre et M. de Tilly vinrent rejoindre les dames. Ce dernier était revêtu d'un brillant uniforme de colonel de hussards. A peine se fut-il approché du groupe, qu'il envisagea fixement Caroline, puis allant vers elle avec vivacité :

— Me reconnaissez-vous, Mademoiselle? lui dit-il, votre figure me dit que non. Cependant, moi, je vous reconnais, quoique vous soyez grandie et embellie. Vous êtes bien la fille du greffier qui, il y a deux ans, demeurait à M***.

Caroline demeurait stupéfaite et cherchait vainement à se rappeler les traits et le nom de ce beau militaire; mais lui la prit par la main, la présenta à sa femme en disant :

— Ma chère Amélie, je t'ai plus d'une fois conté qu'il y a deux ans une jeune fille des environs de Saint-Quentin me sauva la vie ; aujourd'hui je te la présente; c'est Mademoiselle! remercie-la ; tu lui dois les jours de ton époux.

— Comment cela se peut-il? répliqua Caroline, je ne me rappelle pas vous avoir vu.

— Quoi! vous ne vous rappelez pas cet officier de hussards mourant de faim, qui s'est arrêté devant votre porte il y a deux ans? à qui votre mère a donné si gracieusement du pain et du vin, et vous une assiettée de cerises?

— Ah! c'est vous, Monsieur! béni soit Dieu de vous avoir conservé la vie! mais comment vous ai-je arraché à la mort? vraiment je n'en sais rien.

— Je comprends bien que vous l'ignoriez, mais ma femme le sait fort bien; je le lui ai conté si souvent!

— Vous ne me l'avez pas conté, à moi, interrompit madame de Saint-Ferre, dites donc en détail ce qui vous est arrivé; je profiterai du récit en même temps que mademoiselle Caroline.

L'officier, sans se le faire dire deux fois, raconta le bienveillant accueil que lui avait fait madame Muller et la bonté avec laquelle elle lui avait donné la moitié de sa dernière bouchée de pain; il dit aussi comment Caroline l'avait forcé à accepter ses cerises, et comment, pour leur donner place, il les avait mises dans son portefeuille ; il ajouta :

— Dès que je fus à la tête de mes hussards et que je mis le sabre à la main, il fallut me débarrasser du portefeuille, et comme il ne pouvait plus tenir dans mes poches, je le mis sur ma poitrine dans mon dolman ou veste de dessous.

Quelques instants après, dans une charge que je commandais, je me trouvai entouré par de l'infanterie, et un soldat me tira un coup de fusil presque à bout portant. Je devais être tué sur la place ; heureusement la balle vint frapper contre le portefeuille, et j'en fus quitte pour une violente contusion ; car le cuir du portefeuille, les papiers et les cerises qui s'écrasèrent sur ma poitrine arrêtèrent le plomb meurtrier. Vous voyez bien, ma chère enfant, que je vous dois la vie ; sans vous je n'eusse jamais songé à prendre une semblable cuirasse, ma femme serait aujourd'hui veuve et notre petit garçon orphelin.

Madame de Tilly embrassa tendrement Caroline, en lui prodiguant les remercîments les plus vifs et les paroles les plus affectueuses ; madame de Saint-Ferre en fit autant.

L'officier profita du moment pour s'éloigner avec son beau-frère.

— Ta femme, lui dit-il, n'a-t-elle pas donné à entendre tout-à-l'heure que M. Muller est dans ce pays?

— Oui, répondit M. de Saint-Ferre, je sais que toute la famille est ici, que ce sont de fort honnêtes gens, et qu'ils se trouvent dans un état voisin de l'indigence.

— Alors tu vas me rendre un service et me mettre à même de m'acquitter envers Caroline. Nous cherchons depuis quelque temps un régisseur pour la terre de Lacernay, que nous avons près de Blois et qui appartient en commun à nos femmes; voilà un régisseur tout trouvé.

— Crois-tu prudent de t'acquitter de cette manière, de livrer notre propriété à l'administration d'un homme dont la capacité ne nous est aucunement justifiée, à un homme que je crois probe, mais sans en avoir la preuve irrécusable.

— Ah ! je puis être la caution de M. Muller ; ne suis-je pas allé deux fois dans la petite ville où il demeurait, pour témoigner ma reconnaissance à sa famille ? je ne l'y ai pas trouvé, il est vrai, mais j'ai vu des gens qui le connaissent depuis longtemps, et notamment son juge de paix. On m'a vanté sa science en affaires, son honnêteté. Ainsi donc donne-moi ta promesse de le choisir pour notre régisseur, afin que j'aie le plaisir d'aller le lui annoncer dès aujourd'hui.

M. de Saint-Ferre accorda son consentement.

Lorsque l'officier alla retrouver les dames, Caroline n'etait plus près d'elles ; elle avait voulu se dérober le plus tôt possible aux remercîments et aux félicitations des deux dames ; et, d'ailleurs, elle était pressée d'annoncer à sa famille les heureux résultats qu'avaient produits une bonne action de madame Muller.

A peine était-elle arrivée chez elle, que l'on frappa à la porte ; c'était M. de Tilly ; il entra avec sa vivacité, sa gaîté ordinaires, et après avoir renouvelé ses remercîments à Caroline et à sa mère, il se tourna vers M. Muller et lui dit :

— Maintenant, je viens vous demander un nouveau service ; c'est d'accepter la place de régisseur d'une immense propriété que ma femme et sa sœur possèdent près de Blois ; cette charge ne demande qu'un travail fort doux et qui est largement rétribué ; mais il nous faut un fort honnête homme, et nous comptons sur vous.

M. Muller, à ce discours, ne se sentit pas de joie ; il fut plus satisfait encore quand on lui annonça qu'il fallait entrer en fonctions sans retard, et qu'une petite maison toute meublée était disposée pour le recevoir.

— Tenez, dit M. de Tilly, voilà vingt louis d'avance pour les frais de voyage ; dans huit jours j'irai vous demander à dîner, et nous ferons plus ample connaissance ; mademoiselle Caroline, vous n'oublierez pas les cerises, vous savez combien je les aime.

En disant ces mots, il salua M. Muller, les dames, et se retira pour échapper aux remercîments qu'on lui prodiguait.

A peine fut-il parti, que M. Muller s'écria :

— Oh ! ma fille, qui donc eût pu me dire, quand je plantai ce petit arbre le jour de ta naissance, qu'il me produirait dans le malheur des fruits aussi doux ? C'est à tes cerises, ma chère Caroline, que ce brave officier doit la vie ; c'est aussi à tes cerises que nous devrons d'en couler une heureuse et paisible.

Tout ce qu'espérait M. Muller se réalisa ; il vécut longtemps au service de ses bienfaiteurs, qui, de leur côté, n'eurent qu'à se louer du choix qu'ils avaient fait. Grâce à la protection de M. de Tilly, Caroline, quelques années après, épousa un riche marchand, dont elle fit le bonheur par ses **vertus et sa** piété.

LE PARESSEUX,

HISTOIRE VÉRITABLE.

Aucun des moyens employés par les parents d'Edmond pour le corriger du grave défaut qui se nomme *paresse* n'avait réussi.

Agé de quinze ans, il ne se rappelait rien de ce que ses maîtres lui avaient enseigné. Son père, désespéré, l'amena du fond de sa province à Paris, dans le dessein d'employer comme dernière ressource l'émulation des enfants de son âge.

On le mit auprès d'Edouard, son cousin, bien plus jeune que lui, et qui néanmoins offrait un contraste frappant avec le paresseux et ignorant provincial. Grâce à son précoce amour de l'étude, il était déjà instruit à douze ans. Mais, ce qui est bien rare et bien beau, il joignait à sa supériorité sur ses camarades une bienveillance, une modestie, une douceur qui lui attiraient l'amitié de tout le monde.

A l'arrivée d'Edmond, la famille de son cousin Edouard donna une fête à ses petits camarades, enfants de dix, onze, douze et treize ans. Le soir de ce jour de congé, la joyeuse troupe décida que l'on s'amuserait durant la veillée à différents jeux.

Edmond n'avait encore été remarqué des petits écoliers que par sa taille, plus élevée que la leur, et qui lui attirait de leur part une déférence involontaire.

On commence la série des jeux par celui du secrétaire. A ce propos, qu'est-ce que le jeu du secrétaire ? Chacun de ceux qui en font partie écrit une phrase sur un morceau de papier ; tous les billets sont mis dans un chapeau, et après les y avoir mêlés, on en tire un qui passe dans toutes les mains, et chacun continue la phrase qui s'y trouve commencée.

Vient le tour d'Edmond.

On lui donne la plume, il hésite, il rougit.

— Allons ! dépêchez-vous donc ! lui crient tous les petits joueurs impatients.

Il balbutie avec honte :

— Je ne sais pas écrire.

— Comment, ce grand garçon-là ne sait pas écrire ! Tel est le cri de surprise générale.

Le bon Edouard a pitié de son cousin.

— Jouons au loto, dit-il, le jeu du secrétaire est trop ennuyeux. On distribue les cartons, puis on tire au sort à qui aura la gloire d'appeler les numéros.

Fatalité ! c'est Edmond que le sort aveugle et impitoyable désigne.

On lui donne le sac qui contient les chiffres.

Il hésite et rougit.

Tous les yeux se fixent sur lui, sa main tremble, enfin il est forcé de balbutier encore :

— Je ne sais pas compter.

Une grande exclamation de surprise et de grands éclats de rire étouffés bourdonnent à ses oreilles; il n'entend plus, il ne voit plus, tant il a honte. Mais il se remet peu à peu de sa confusion durant la partie de loto qui est jouée sans lui.

— Maintenant, amusons-nous à la carte géographique, dit une voix aux petits joueurs, lassés du loto. Et aussitôt les centaines de fragments d'une carte géographique en bois découpé sont étalés pêle-mêle sur la table. Chacun prend sa part; l'un la France, l'autre l'Espagne, celui-ci l'Angleterre, celui-là l'Italie. Le bon Edouard veut avoir de nouveau pitié d'Edmond, qu'il soupçonne de connaître aussi peu ce jeu instructif que tous les autres. Mais comment faire? il ne peut avec beaucoup de précaution qu'alléger sa besogne et non pas l'en exempter entièrement. Il fait si bien, pourtant, qu'Edmond n'a à s'occuper que d'une seule province, celle où il est né, la Normandie. Allons! dit-il, demande les départements qui forment ta province natale; certainement tu les connais. Mais Edmond ne demande rien; et déjà tous les joueurs avaient achevé de construire leur carte géographique, qu'Edmond était encore à commencer la sienne.

— Allons donc! dépêchez-vous!

— Mais... mais... balbutie Edmond, dont la honte redouble toujours.... Est-ce que je sais la géographie, moi?

Il fallut tous les signes d'yeux, tous les gestes de tête et de main, tous les efforts des parents qui assistaient aux jeux de leurs enfants, pour arrêter un énorme concert de moqueries près de s'échapper de toutes les bouches des petits joueurs.

— Oh! dit Edouard, y a-t-il rien de plus insipide que ce jeu de cartes! beau mérite, ma foi, d'emboîter les uns dans les autres des morceaux de bois! Et tout de suite il allait proposer un amusement où son cousin ne se trouverait pas embarrassé, quand, d'une voix unanime, on demande le jeu de Monsieur le Curé n'aime pas les *o*. Le secret de ce jeu n'est pas difficile à connaître; celui qui le commence dit à son voisin : *Monsieur le Curé n'aime pas les* o, *que lui donnez-vous?* Le voisin est forcé de répondre par un mot dans lequel la lettre *o* ne se trouve pas. On prend ainsi au piége dans leurs réponses ceux qui ne connaissent pas le jeu ; ils s'imaginent que c'est le mot *os* et non la lettre *o* dont il faut s'abstenir. Le bon Edouard glisse à l'oreille d'Edmond :

— Garde-toi de répondre un mot où se trouvera la lettre *o*.

— Edouard triche! s'écrièrent quelques-uns des petits joueurs; il dit le secret du jeu à son cousin !

Il y eut une exclamation générale de mé— contentement contre Edouard.

Néanmoins, après une mûre délibération, on décida que l'on continuerait Monsieur le Curé n'aime pas les *o*.

Mais le pauvre Edouard ne s'était pas avisé de réfléchir que son cousin ne connaissant pas l'orthographe, il lui serait impossible de profiter de sa confidence. En effet, à chaque réponse qu'Edmond est obligé de faire, il se trompe, et tous les enfants de rire à gorge déployée.

— Comment, dit l'un, il connaît le secret du jeu, et toujours il se trompe?

— C'est bien malin! répond un autre; quand on ne sait pas écrire, peut-on savoir l'orthographe?

Jugez de la triste et honteuse position du paresseux, qui, à quinze ans, ne connaissait encore ni l'écriture, ni l'orthographe, ni le calcul, ni la géographie.

Mais ce fut bien pire lorsqu'on tira les gages. La plupart des patients n'eurent à subir que des peines très légères. Tout-à-coup un petit enfant de six ans qui venait, par pénitence, de réciter une fable par cœur, répondit à celui qui criait : qu'ordonnez-vous au gage touché?

— J'ordonne qu'il récite une fable apprise par cœur.

— A qui le gage ?

Malheur ! c'est à Edmond ! Il est forcé de monter sur une chaise devant tous les assistants.

— Allons ! récitez-nous quelque chose, lui crie-t-on de toutes parts.

Le malheureux est forcé de répondre :

— Je ne sais rien par cœur.

— Il est donc sot comme un dindon ? c'est donc un âne ? chuchotèrent quelques voix railleuses.

Un Monsieur, prenant pitié du pénitent, se mit à dire :

— Il n'est pas donné à tout le monde d'avoir de la mémoire. Apportez un livre, M. Edmond nous fera une lecture.

On met un livre entre les mains d'Edmond ; ses joues sont en feu, ses yeux baignés de larmes. Enfin, il s'écrie en sanglotant :

— Laissez-moi donc tranquille ; je ne sais pas lire.

Les éclats de rire et les sarcasmes font explosion de toute part.

— Comment, ce grand dadais ne sait pas même lire ?

Le malheureux Edmond descend avec impétuosité de la chaise qui avait été pour lui la sellette ; il ne sait où cacher son dépit et sa honte. Le bon Edouard lui ouvre ses bras et l'entraîne au loin dans son cabinet de travail, où tout en lui disant :

— Voilà une leçon pour toi, il lui prodigue toutes les consolations d'un ami, toutes les caresses d'un frère.

Edmond tomba malade, tant il avait éprouvé de honte et de douleur ; mais son humiliation lui fut plus utile que ne l'eussent été toutes les remontrances possibles. Son amour-propre, si vivement blessé, dompta complètement sa paresse ; il se livra à l'étude avec ardeur, et cet Edmond qui, il y a six mois, était digne du mépris de ses camarades à cause de son ignorance, sait aujourd'hui bien lire, bien écrire, bien compter.

Ce petit exemple s'adresse à la fois aux paresseux et aux studieux : qu'il apprenne aux premiers combien il est nécessaire, et aux seconds combien il est beau de s'instruire.

L'AUVERGNAT.

AVANT d'être venu à Paris, au lycée Charlemagne, où j'ai fait mes dernières classes, j'étais resté deux ans à celui de Versailles. Là, un beau jour, descendant dans la cour où mes camarades se livraient à leurs joyeux ébats, j'entendis un des plus pétulants d'entre eux s'adresser à un autre qui ne valait guère mieux et lui crier :

— Dis-moi, Georges, as-tu vu le nouveau qui arrive d'Auvergne?

— Non vraiment, répondit Georges, je n'ai pas pu trouver un prétexte raisonnable pour entrer chez le proviseur au moment où il causait avec ce ramoneur-là !

— Oh ! mais sais-tu, dit le premier interlocuteur, qui se nommait Eugène, qu'il doit avoir une drôle de mine... un Auvergnat !

Déjà un groupe s'était formé, et chacun demandait des renseignements sur l'écolier nouvellement débarqué.

— Je suis sûr qu'il a des cheveux qui lui tombent au milieu du dos, dit Georges.

— Et qu'il a de gros sabots, reprit un écolier de quatrième.

— Eh bien ! c'est au mieux, dit un élève de rhétorique, nous lui ferons danser la bourrée d'Auvergne.

— Je sais quelque chose de mieux que la bourrée, s'écria Eugène ; c'est, au moment où l'homme des montagnes d'Auvergne arrivera, de lui faire courir la poste une demi-douzaine de fois dans la grande cour ; cela le dégourdira et commencera à lui faire connaître le lycée.

— Chers amis, dit un de nos camarades, du département des Basses-Pyrénées (qui, montagnard lui-même, voulait qu'on respectât les montagnards), ne vous y fiez pas : il est du pays haut, il doit avoir le poignet fort.

Ce propos fut accueilli avec des éclats de rire ; mais cependant il fit son effet, et l'on se promit de tâter le nouveau avant d'en venir aux grosses farces.

A peine avait-on pris cette prudente résolution, que le nouvel élève entra dans la cour. Il sortait d'une petite pension de Riom, et s'appelait Etienne Combadour. Il se promena quelques instants. Il avait l'air timide, portait mal son habit d'uniforme et mettait son chapeau comme le met un invalide ; ses cheveux ne lui tombaient pas au milieu du dos, mais ils étaient un peu longs ; il est vrai qu'on entrait dans l'hiver.

Tout bien examiné, Etienne semblait un peu gauche, un peu lourd, mais non pas complètement ridicule.

On tenta une première épreuve : on envoya auprès d'Etienne un petit bonhomme, qui, sur le conseil de Georges, lui demanda s'il était vrai que dans son pays les hommes marchassent à quatre pattes.

Etienne répondit tranquillement :

— Va dire à ceux qui t'envoient que les gens de mon pays marchent précisément comme on marche à Versailles ; mais que quand des étrangers viennent chez eux ils ne leur donnent pas la bien-venue par une sotte impertinence.

Un rhétoricien qui se trouvait là prit fait et cause pour le bambin. Il lâcha quelques gros mots et finit par saisir les deux mains du nouveau venu ; mais celui-ci, levant les épaules, se dégagea avec si peu d'efforts, qu'on se rappela l'avis prudent de l'écolier basque, et qu'on eut quelque respect pour les poings d'un homme qui se débarrassait si facilement

de l'étreinte d'un *des plus forts rhétoriciens*
du collége.

Vers la fin de la récréation , le censeur
parut dans la cour. Quelques élèves s'appro-
chèrent de lui et demandèrent dans quelle
classe il placerait le ramoneur d'Auvergne
qui venait de leur arriver. Le censeur répri-
ma cette saillie et répondit à un de ses élèves
favoris que sans doute il le ferait descendre
de deux classes, car il devait y avoir au
moins cette distance entre les études d'une
petite pension de Riom et celles des lycées
de la capitale et de Versailles.

— Monsieur, lui répondit un élève, celui
précisément qui avait fait l'épreuve de la
force d'Etienne, Monsieur, vous pourrez bien
le faire descendre de trois classes, car il a
l'air pataud comme un ours de ses montagnes.

La foule des mirmidons répéta :

— Ah ! oui, pataud ! pataud !

— Assez, assez, dit le censeur; et il appela
Etienne, qui, sur sa demande, lui déclara
qu'il avait quinze ans passés, qu'il venait de
finir sa seconde à Riom et se préparait à la
rhétorique.

— Beau rhétoricien ! murmurèrent à demi-
voix les élèves qui entendirent sa réponse ; il

faut le mettre en cinquième, et il sera l'avant-dernier !

Le censeur jugea un peu moins défavorablement de l'Auvergnat, et lui dit que les classes à Versailles étant très fortes, il fallait qu'il s'essayât d'abord en quatrième.

La cloche sonna et l'on se rendit à l'étude. Etienne, la tête basse, s'achemina vers le quartier de quatrième : il s'agissait pour les élèves de cette classe d'apprendre quelques vers d'Ovide et de faire un thème que les forts avaient jugé très difficile. Le maître d'études donna à Etienne le cahier d'un écolier qui venait d'être obligé de monter à l'infirmerie, lui dit de copier le texte français et lui indiqua aussi la leçon à apprendre.

En quelques minutes, le nouveau venu eut copié, puis il prit dans sa poche un Pindare grec et se mit à lire attentivement.

— Voyez donc ce pataud ! disaient entre eux ses voisins, il fait comme s'il lisait du grec.

— Eh ! laissez donc, c'est qu'il apprend ses lettres, dit un autre ; il ne sait encore que la moitié de l'alphabet....

Etienne ne les entendait pas ou feignait de ne pas les entendre : cependant, un quart d'heure avant la fin de l'étude, quand il reçut la feuille destinée à lui servir de copie, il s'occupa sérieusement à traduire en latin le texte qu'il avait copié, et remit au maître d'études, longtemps avant que la cloche sonnât, son devoir fort bien écrit. Nouvelle preuve qu'il était un sot, remarqua un petit bel-esprit, car il n'y a que les imbéciles qui sachent bien écrire.

— Bon, bon! disaient les espiègles qui l'entouraient, il a broché son devoir et il n'a pas regardé sa leçon. Le professeur, qui voudra voir ce qu'il sait, va lui donner une jolie note!

On arrive à la classe. M. L...., qui professait la quatrième, reçoit un mot d'écrit que lui remet Etienne. Le censeur annonçait qu'à l'avenir cet élève ferait partie de sa classe. Le professeur lui fait signe de se placer à la table d'honneur. C'était une politesse qu'il ne manquait jamais d'accorder à celui qui arrivait pendant le cours de l'année ; mais cet encouragement avait rarement de l'effet. Aussi, les camarades de classe d'Etienne se disaient-ils entre eux :

— Allons ! qu'il jouisse de la table d'honneur pour cette fois, le ramoneur, le pataud! il n'y reviendra pas.

Le professeur fit réciter les leçons.

Il interrompit Eugène qui ânonnait, et dit à Etienne de continuer.

Etienne ne se fit pas répéter l'ordre, il commença à débiter les vers avec un accent qui faisait pouffer de rire ses condisciples, mais de manière à montrer qu'il connaissait parfaitement les lois de la prosodie latine et la quantité des mots ; puis, comme la leçon était extraite de la métamorphose de Philémon et Baucis, qu'il savait par cœur, il outrepassa le nombre de vers indiqués ; le professeur le laissa continuer pendant quelques minutes, au grand étonnement de toute la classe, qui ne faisait plus attention à son accent, et se disait :

— Comment donc, ce pataud a de la mémoire et il scande bien les vers !

Après que la leçon eut été récitée, M. L... fit quelques remarques sur la flexibilité du génie d'Ovide, esprit heureux, sachant prendre tous les tons ; il voulut aussi comparer au latin l'élégante paraphrase de La Fontaine ; malheureusement il n'avait pas le livre.

— Nul de vous, demanda-t-il, ne sait ce morceau de La Fontaine, sans doute ?

— Pardon, Monsieur, reprit Etienne, je puis suppléer au livre qui vous manque.

— Ah ! ah ! vraiment, eh bien ! récitez depuis le premier vers.

Etienne, avec une diction parfaite, sans emphase et sans monotonie, déclama les trente premiers vers dont avait besoin le professeur.

Tous les élèves chuchotaient, et quelques-uns seulement parlaient encore de l'accent ramoneur. Quant à M. L...., il commençait à regarder Etienne entre les deux yeux : c'est ce qu'il faisait toujours lorsqu'il reconnaissait dans un sujet plus de capacité ou de savoir qu'il n'en avait supposé à la première vue.

Enfin, il en vint au thême ; selon son usage invariable, il fit lire les deux premiers de la composition précédente, puis les deux derniers, car il suivait la méthode du professeur de flûte de l'antiquité, qui voulait que dans son école on entendît tour-à-tour un habile exécuteur et un flûteur malhabile, disant de l'un : « Voilà comme il faut jouer, » et de l'autre : « Voilà comme il ne faut pas jouer. »

Il vint ensuite à Etienne :

— Lisez, lui dit-il, et depuis le commencement.

Etienne prit le cahier et fit à haute voix sur le texte français une traduction fort élégante. Une ou deux fois le professeur l'interrompit pour lui donner une louange, et lorsque Etienne reprit sa phrase, M. L.... crut s'apercevoir qu'il y avait quelque différence ; il chercha la copie pour s'en assurer, et remarqua avec un vif étonnement que cette copie contenait un autre devoir bien préférable à celui qui venait d'exciter ses éloges ; il demanda le cahier d'Etienne, et reconnut que la première traduction était improvisée... La copie et l'improvisation annonçaient un élève supérieur de beaucoup à la quatrième.

— Monsieur, dit-il à l'Auvergnat, vous ne pouvez rester avec moi ; je vais vous envoyer au professeur de troisième, je suis certain que votre place est beaucoup plus haut, mais ce n'est pas à moi d'en juger. Les élèves ouvraient de grands yeux et se disaient entre eux, pour se consoler de leur méprise :

— Au fait, il a quinze ans, et il ne sera pas trop jeune pour un troisième.

Etienne resta quatre jours en troisième ; ensuite, on *le chassa* de nouveau de cette classe, et pour ne pas faire encore d'infructueux essais, on l'envoya à la rhétorique : là,

il se trouva le plus jeune, mais les connaissances qu'il avait déjà acquises, sa brillante
facilité, son travail opiniâtre, le firent atteindre aux premières places.

Alors, on ne cherchait plus à le tourner en
ridicule ; on le respectait, et plus d'un de ces
beaux rhétoriciens qui l'avaient accueilli avec
le sourire du mépris, portait envie à sa supériorité et à ses succès non interrompus.
Etienne sut bientôt se faire des amis de tous
ses envieux, car il joignait, à d'heureuses
qualités de l'esprit, un bon caractère et un
cœur aimant.

Il a fait depuis sa philosophie au lycée
Impérial, aujourd'hui le collége Henri IV. Il
a obtenu au concours général la plus glorieuse
de toutes les couronnes classiques : ses études finies, il s'est voué à la carrière univer-
sitaire, sa place y était marquée d'avance. Il
occupe aujourd'hui un poste brillant : c'est ce
que ne prévoyaient guère Georges, Eugène
et moi-même, quand nous vîmes arriver pour
la première fois au lycée de Versailles le
ramoneur d'Auvergne !

D'où je conclus qu'il ne faut juger ni des
hommes ni des enfants sur l'apparence.

LA RÉCONCILIATION

AU SAINT SÉPULCRE.

Du temps du bon roi Louis IX, dit le Saint, deux hauts barons, les sires DE COUCY et DU HAILLAND, étaient ennemis mortels l'un de l'autre. Quatre ou cinq fois l'an, et ce n'est pas trop dire, les hommes d'armes de ces deux seigneurs jaloux et orgueilleux, ensanglantaient la plaine et les ravins qui séparaient leurs châteaux. Les hommes du sire de Coucy pillaient ou brûlaient les champs et massacraient les serfs du sire du Hailland, qui commettait les mêmes délits sur toutes les terres de son rival. Leurs querelles étaient si continues et si violentes qu'elles consternaient toute la province de Normandie, et que le bon roi Louis, réputé le plus haut justicier et le meilleur arbitre de la chrétienté, même au dire des Anglais, ennemis du royaume, et des vassaux ennemis de sa couronne, interposa plus d'une fois sa charitable assistance et sa royale volonté entre le sire du Hailland et le sire de Coucy ; mais ce fut toujours inutilement. Aussitôt que le messager du roi disparaissait avec ses chevaux et ses gens d'armes à l'horizon de leurs domaines, les deux champions recommençaient à se nuire, tantôt à coups de lances et de flèches, tantôt par la ruse en s'épouvantant mutuellement. Le sire de Coucy faisait jeter un maléfice sur les bestiaux du sire du Hailland ; les gens de ce dernier disaient aux serfs du sire de Coucy que des Juifs avaient empoisonné les puits où ils buvaient, ou que leur maître était un damné hérétique que le roi de France allait faire brûler vif comme sorcier.

Une seule chose suspendait de temps en temps les hostilités entre ces deux ennemis à mort : la trève de Dieu, ordonnance de l'Eglise qui défendait les guerres privées à certains jours de la semaine et les jours de fête. Ils étaient ingénieux à trouver le moyen de se rencontrer partout pour se battre, jusqu'au sein des tournois et autres ébats de la chevalerie, où plus d'une fois ils luttèrent, à la grand'peur des nobles demoiselles et au scandale des loyaux chevaliers qui les séparaient ; mais quand arrivait la trève de Dieu, lors même qu'ils se seraient trouvés face à face, ils auraient plus craint de se toucher hostilement que de vêtir la robe d'un Sarrasin ou de manger dans l'écuelle d'un lépreux, car les sires de Coucy et du Hailland, comme gens de haut lignage, hors leurs démêlés peu chrétiens, étaient fort dévotieux, ayant chacun leur chapelain, n'ayant pas un village sans clocher ni chapelle, faisant de belles offrandes aux églises et aux couvents.

Au milieu de ces sanglants démêlés, le bon roi Louis, roi de France, convoqua le ban et l'arrière-ban des grands vassaux et jusqu'au plus menu peuple, afin d'entreprendre une croisade dans la Palestine. Le sire du Hailland, fatigué d'être toujours en guerre privée avec son voisin, résolut d'aller en Terre-Sainte ; mais son ennemi, le sire de Coucy, l'y suivit secrètement dans un but de vengeance, et plus d'une fois ils se rencontrèrent dans la mêlée contre les Sarrasins, et au lieu de frapper l'ennemi, se portèrent réciproquement des coups qui eussent été meurtriers sans la bonne épaisseur de leur armure et leur crainte mutuelle d'être remarqués et chassés des rangs par les croisés.

Enfin, après bien des souffrances et des dangers sur mer, après bien des privations et des combats sur terre, arriva le moment où les croisés pouvaient visiter, sans autre inconvénient que ceux de la chaleur et de la soif dans le désert, la ville de Jérusalem, le Calvaire et surtout le Saint-Sépulcre, objet de leur plus amoureuse vénération. Ils se détachaient du camp en nombreuses bandes pour aller en pèlerinage baiser et mouiller de leurs larmes la voie douloureuse où notre Seigneur avait porté sa croix et était mort pour nous racheter tous, pécheurs que nous sommes. Dans une de ces bandes se trouva le sire de Coucy ; sa haine ne l'avait pas distrait du désir de voir le saint tombeau. Après une journée de marche dans les sables, sous un soleil d'une ardeur à brûler le crâne, les pèlerins aperçurent une autre troupe de croisés agenouillés près de la sombre ouverture d'une caverne. « Le Saint-Sépulcre ! le Saint-Sépulcre ! » s'écrièrent à la fois plusieurs voix avec cette émotion de l'âme d'un voyageur qui salue de loin le clocher de sa ville natale. En effet, ils voyaient ce lieu qui leur était mille fois apparu dans leurs rêves au fond de leurs sombres châteaux d'Occident, et pour lequel les uns avaient quitté leurs femmes et leurs enfants, leurs vieux pères et leurs vieilles mères ; les autres avaient vendu leurs champs et sacrifié toutes leurs joies mondaines. Le voilà ce sépulcre, mais non pas tel qu'ils se le sont imaginé, au niveau de la grandeur du Dieu qui y fut enseveli, éblouissant d'or comme un palais de fées et lumineux comme l'ange qui s'était assis sur la pierre, couvert d'un vêtement blanc, au dire des saintes femmes du saint Testament. C'est un caveau tout nu et pauvre comme l'étable où naquit le petit Jésus: la porte d'entrée est très basse, sans doute pour figurer l'humilité du sauveur des hommes, et indiquer qu'on ne peut s'y introduire que dans l'attitude de l'adoration. On voit le sépulcre au fond de ce caveau, dont la forme est presque carrée; il n'a que six pieds de long et six pieds de large, ce tombeau qui fut le berceau des nouvelles destinées du monde !

Par esprit de pénitence et pour imiter tant soit peu les douleurs de Jésus, la plupart des pèlerins ayant quitté leurs armoiries et autres insignes de noblesse, afin de se mieux rapprocher de l'humilité du Nazaréen, avaient fait vœu de conserver leurs casques la visière baissée, car c'était une souffrance presque intolérable sous le poids de la chaleur. La

dernière troupe, mêlée à la première, s'agenouilla comme elle, et un vénérable moine,
seul, debout, le front découvert, se mit à
prêcher les fervents et curieux pèlerins. Il
leur raconta fort au long et en pleurant la
douloureuse histoire de la passion de notre
Seigneur; comment il but le calice amer au
jardin des Olives ; comment il fut conduit de
Caïphe à Pilate, flagellé, coiffé de la couronne
d'épines, chargé de sa croix et crucifié entre
deux larrons, les pieds cloués, les mains
clouées, et comment un soldat juif lui porta
un coup de lance au côté gauche, et un autre
une éponge imbibée de fiel et de vinaigre à
la bouche, comment ces voleurs se partagè-
rent sa robe, et comment le voile du temple
se pourfendit, et les morts ressuscitèrent, et
la terre fut dans les ténèbres, et le corps de
Jésus enseveli dans le sépulcre.

En racontant cette dolente histoire, le bon
moine pleurait à sanglots, et tous les croisés,
que les têtes, les jambes, les bras coupés sur
le champ de bataille, et les plus effroyables
boucheries de carnage n'avaient jamais émus
plus que le fer de leurs cuirasses, se mirent
tous à larmoyer et à sangloter comme de petits enfants; car c'était pitié à fendre le cœur

que le récit de ce merveilleux dévouement, de ce cruel martyre de notre Sauveur.

— Oh ! dit le moine, dont les yeux étaient deux ruisseaux de larmes, que l'exemple de ce doux Seigneur vous fasse tous frères ! il n'est aucun d'entre nous qui n'ait péché là-bas, au pays d'outremer ? Devant le Saint-Sépulcre, qui a été le monument de réconciliation entre le ciel et la terre, embrassons-nous tous comme frères, jurons d'être vrais chrétiens, doux comme les agneaux et les colombes.

— Embrassons-nous ! embrassons-nous ! s'écrièrent les pèlerins avec un naïf enthousiasme ; et ce fut un immense embrassement, chevalier avec chevalier, vassal et suzerain, serf et seigneur. La plupart sans se connaître, car leur visière était restée baissée, s'embrassèrent comme s'ils eussent embrassé l'arbre de la croix de la rédemption. Dans cette foule de pécheurs inconnus les uns aux autres, et se donnant ce baiser fraternel, on eût pu en distinguer deux dont l'enlacement était peut-être plus expressif que celui de tous les autres.

— « Messires ! s'écria le moine, qui de-
» bout contemplait avec ravissement cet

» accord des pécheurs, levez vos visières,
» ôtez vos casques, pour que nous fassions
» ensemble une prière, pour que nous bai-
» sions cette terre où Jésus a marché. »

Tous les casques roulèrent sur le sable, et un cri fut poussé par les deux inconnus qui se tenaient étroitement enlacés, cri de surprise et de stupéfaction.

Le sire de Coucy et le sire du Hailland s'étaient embrassés.

— Vive Dieu ! s'écrièrent la plupart des assistants, qui connaissaient, à cause de l'éclat de leur nom, de leur valeur et surtout de leur inimitié farouche, les deux fiers barons.

— C'est donc vous que j'ai serré dans mes bras ? dit le sire de Coucy.

— C'est donc vous, répondit le sire du Hailland, que j'ai pressé sur mon cœur ?

— Mes fils, dit le prêtre, comment êtes-vous tous deux ici, et comment vous êtes-vous embrassés ?

Ils répondirent :

— Mon père, sans nous connaître.

Du Hailland dit :

— Moi, je suis venu avec la première troupe des pèlerins.

— Moi, avec la seconde, dit le sire de Coucy.

— Pourquoi cet embrassement si plein d'effusion ?

— Oh ! mon père, dit en pleurant le sire du Hailland, plus jeune et moins dur que son ennemi, j'avais besoin de sentir un cœur battre contre le mien, eût-ce été celui du dernier des esclaves ; car je suis las de haïr depuis si longtemps.

Et il poussa des sanglots.

Les assistants regardèrent le sire de Coucy, qui s'étant relevé les dominait tous de sa haute taille et de son air sombre : on aurait dit qu'il était fâché de cette étrange méprise. Mais le prêtre, petit et pâle, subjugua cette colossale stature par un regard éloquent d'indignation et de pitié.

— Messire, êtes-vous donc si parfait de votre nature, et avez-vous si peu failli, que vous ne puissiez pardonner à un rival aussi noble que vous, lorsque celui qui a fait le ciel qui vous couvre, et cette terre qui sans lui croulerait sous vos pieds et vous engloutirait, a souffert et est mort pour le salut des hommes et en pardonnant à ses bourreaux ?

Et le prêtre, tenant d'une main le bras de cet homme, fit de l'autre un geste sublime vers le saint tombeau. Les assistants étaient pleins d'inquiétude et d'admiration.

Une larme tomba de l'œil du sire de Coucy, ce géant s'agenouilla comme foudroyé sous les éclairs du regard et par le tonnerre de la voix du prêtre inspiré. Le prêtre lui prenant une main, la mit dans celle de du Hailland, les entraîna dans le caveau et leur fit baiser la pierre. En se baissant, leurs poitrines la touchèrent, et comme si cette pierre avait conservé à travers les siècles, par une pro- priété miraculeuse, une émanation de ce cœur plein d'amour divin qui y avait été enseveli, en la touchant ces deux poitrines se gonflè- rent, et les cœurs de du Hailland et de Coucy tressaillirent de tristesse, de repentir et de charité. Leurs pleurs coulèrent sur le couver- cle funèbre creusé par les larmes des pèle- rins qui avaient visité ce monument de la douleur et de l'amour d'un Dieu.

Les deux ennemis mortels, revenus au milieu de leurs frères émerveillés, s'embras- sèrent de nouveau en se jurant une amitié éternelle.

La troupe des pèlerins et les nouveaux

amis, l'un près de l'autre, passèrent toute la nuit en prières à la porte du Saint-Sépulcre.

Après cette édifiante croisade du bon roi Louis dans la Palestine, les deux amis retournèrent heureusement au beau pays de France; et autant ils avaient mis leurs vassaux dans un douloureux et long émoi par leurs querelles de jour et de nuit, c'est-à-dire perpétuelles, autant ils les réjouirent merveilleusement par leur réunion si miraculeuse et si inespérée. On ne vit plus de sang ni de fumée, on n'entendit plus de cris de détresse ; mais les moissons poussèrent dans les champs, mais les beaux pommiers de Normandie donnèrent leur fruit, et la grasse province fleurit, et verdoya, et produisit abondamment. Il fut dit que c'était par le bon accord des sires du Hailland et de Coucy, qui, ayant été possédés l'un contre l'autre de haines vraiment païennes, en avaient été guéris après avoir baisé la pierre du Saint-Sépulcre.

LE MYOSOTIS.

Emilie, fille de M. Maurice, riche propriétaire, était d'un aimable caractère, elle songeait toujours à ce qui pouvait plaire aux autres, et s'efforçait d'obliger toutes les personnes qui l'entouraient ; elle était charitable envers les pauvres et consacrait à les soulager une partie de l'argent que son père lui donnait pour sa toilette et ses plaisirs.

Cependant un défaut fâcheux ternissait ces précieuses qualités, et lui donnait auprès de ceux qui ne la connaissaient qu'imparfaitement la réputation d'une jeune fille sans humanité et fort disposée à trahir ses promesses : elle était extrêmement *oublieuse*. A peine avait-elle promis quelque chose, à peine avait-elle pris et exprimé une résolution, que déjà elle ne s'en souvenait plus. Toute entière au moment présent, elle laissait complètement échapper le passé de sa mémoire.

Promettait-elle de secourir un infortuné, il fallait que sa bonne lui rappelât sa promesse, ou que le malheureux lui-même ne la lui laissât pas oublier.

Elle avait, d'accord avec une de ses amies, pris l'engagement de payer le prix du pain d'une pauvre femme de quatre-vingts ans; chaque mois son amie était obligée de payer seule et de se faire rembourser par Emilie; jamais celle-ci ne songeait à la pauvre femme.

Une fois, elle voulut habiller une petite fille, pour la première communion, elle acheta une partie de ce qui était nécessaire, et oublia le reste; de telle sorte que la pauvre enfant ne put se présenter avec ses compagnes à la sainte table.

Enfin elle avait des pigeons qu'elle aimait beaucoup et qu'elle voulait soigner seule; il se passait rarement une semaine sans qu'elle les laissât souffrir de la soif ou de la faim; et cependant elle eût regardé comme une cruauté de faire endurer inutilement la moindre douleur à un animal, eût-ce été à une araignée.

Quand son étourderie avait causé quelque mal, elle s'en affligeait et se promettait bien de se corriger; mais cette promesse n'était pas mieux tenue que les autres.

Dans le voisinage de la maison de M. Maurice, qui habitait la campagne, vivait un ancien officier de cavalerie, qui s'était retiré du service avec une petite pension, et avait grand'peine à suffire à ses besoins et à ceux de Sophie, sa fille unique.

Lorsque Sophie atteignit l'âge de quatorze ans, la bonne éducation qu'elle avait reçue la mit en état d'ajouter quelques bénéfices au mince revenu de son père ; elle donnait des leçons de dessin, de grammaire, et même de musique aux jeunes demoiselles du voisinage ; mais, vers le même temps, son père fut atteint d'infirmités, suite des nombreuses blessures qu'il avait reçues et des longues fatigues qu'il avait supportées ; bientôt il lui fut impossible de sortir de son lit. Sophie lui tenait compagnie aussi souvent qu'il lui était possible, et l'amusait par sa conversation.

Pour occuper utilement ces instants qu'elle lui consacrait, elle faisait, tout en causant, des broderies délicates et d'autres travaux difficiles, qu'elle vendait ensuite aux gens riches des environs. Ce fut ainsi qu'elle se trouva faire la connaissance d'Emilie.

Dès que celle-ci la vit, elle se sentit portée vers elle d'amitié et demanda à sa mère la permission de cultiver sa connaissance. Madame Maurice ayant appris combien était louable la manière d'agir de Sophie, autorisa Emilie à recevoir ses visites et à les lui rendre. Les deux jeunes filles devinrent en peu de temps les meilleures amies du monde.

Emilie employait des moyens indirects pour procurer à Sophie de petits bénéfices; si elle avait un cadeau à faire à sa mère, à son père, c'était toujours quelque ouvrage de Sophie qu'elle voulait donner. Bientôt elle désira prendre des leçons de broderie. Sophie lui en donna et elle la fit payer généreusement, puis on congédia, à sa demande, son maître de dessin, artiste en réputation, qui venait de la ville voisine, et ce fut encore Sophie qui en tint lieu; les parents d'Emilie voyaient et approuvaient ses bonnes intentions.

Néanmoins, il arrivait bien souvent qu'à cause de son malheureux défaut mademoiselle Maurice causait de vifs chagrins à son amie; dans mille circonstances elle lui faisait des promesses et ne les lui tenait pas. Ainsi madame Maurice étant tombée malade, on fit venir de Paris un très célèbre médecin, pour obtenir de lui une consultation. Emilie avait promis de mener ce médecin chez le père de

Sophie ; celle-ci espérait qu'il pourrait indiquer quelque remède qui guérirait ou soulagerait le vieil officier. Le médecin vint , rassura complètement M. Maurice sur la maladie de sa femme. Emilie en eut une grande joie, et dans sa joie elle oublia sa promesse. Le médecin ne partit que le lendemain, et il partit sans avoir visité le père de Sophie, quoiqu'il eût suffi de le lui demander pour que la chose eût été faite.

Emilie eut un grand chagrin de cette négligence ; elle en fit bien sincèrement ses excuses à Sophie et au malade ; mais son chagrin ne remédia à rien : le vieil officier avait peut-être manqué une occasion de guérir.

Quelque temps après Emilie voulut faire un dessin pour la fête de sa mère, elle pria son amie d'aller à la ville voisine lui choisir un modèle convenable.

— Je ne puis, disait-elle, y aller moi-même ou envoyer quelqu'un de la maison sans en donner le motif ; dans l'un et l'autre cas, ma mère le saurait, et je tiens à la surprendre.

Sophie lui fit observer qu'elle ne pouvait laisser son père si longtemps seul.

— Eh bien ! ma chère, pendant que vous soignerez ma mère, moi je resterai près de votre père. Allez sans crainte, je lui tiendrai fidèle compagnie jusqu'à votre retour. Je vais mettre mon chapeau et me rendre chez vous de ce pas.

Effectivement, Emilie sortit en même temps que Sophie ; mais à peine l'eut-elle quittée, qu'elle rencontra une de ses tantes qui, accompagnée de ses deux filles, venait faire visite à madame Maurice.

Emilie ne put se dispenser de revenir avec les dames auprès de sa mère ; là, au lieu de leur faire connaître qu'un devoir l'obligeait à s'absenter pour quelques heures, le devoir, la promesse sortirent de sa tête, et elle passa le reste de la journée sans songer qu'elle laissait dans l'isolement un pauvre malade qui avait besoin de compagnie et peut-être même de soins.

La tante et les deux cousines restèrent encore le lendemain près de la malade. Emilie, en les menant promener dans le village, passa devant la porte de Sophie, et tout-à-coup sa conduite de la veille, sa négligence coupable se présentèrent à son esprit ; elle aurait bien voulu passer outre, car elle s'attendait à de justes reproches, elle ne le put; Sophie, qui l'avait aperçue par sa fenêtre, vint au-devant d'elle et la pria d'entrer se reposer un instant avec ses deux cousines. Elle se garda bien de lui adresser un seul mot de plainte en présence des étrangères, et sembla même ne songer qu'à faire les honneurs de la petite maison; elle montra ses dessins, ses broderies, de jolies fleurs qu'elle cultivait. Au moment où les trois demoiselles se retiraient, elle donna à chacune des deux cousines un bouquet de roses, et à Emilie un bouquet de la fleur qu'on nomme communément *ne m'oubliez pas*, et dont le véritable nom est *myosotis*. A ce bouquet étaient jointes quelques autres fleurs.

Emilie reçut le cadeau en rougissant, et fut touchée de la manière délicate et détournée que son amie employait pour lui adresser des reproches si bien mérités, sans divulguer son tort.

— Sophie, lui dit-elle, vous êtes la meilleure fille du monde et l'amie la plus sûre; je vous remercie de votre joli bouquet, c'est précisément celui qui me convenait.

En rentrant, Emilie déposa son bouquet dans sa chambre; elle voulait le garder comme un souvenir de sa faute : le lendemain en se levant il lui frappa les yeux, et elle vit avec étonnement que le myosotis avait le même éclat que la veille, tandis que les autres fleurs étaient toutes fanées.

Elle examina de plus près ce prodige et reconnut que la touffe de myosotis était formée de fleurs et de feuilles artificielles si bien imitées que c'était à s'y méprendre.

— Vous avez bien fait, Sophie, pensa-t-elle ; j'ai besoin d'un avertissement de tous les jours ponr me corriger de ma négligence. Ce bouquet qui ne se fane pas sera un souvenir durable ; matin et soir il mè rappellera que je ne dois pas oublier mes promesses ; ma bonne Sophie, vous me rendez service !

Aussitôt Emilie alla chez son amie, elle lui rendit grâce de sa bonté, de son indulgence et de l'avis qu'elle lui avait donné d'une manière si aimable.

— Votre leçon, ajouta-t-elle, portera ses fruits ; je prends dès aujourd'hui la résolution, chaque fois que je ferai une promesse, de placer votre bouquet sur ma table de travail, et de l'y laisser jusqu'à ce que j'aie accompli ce que j'aurai promis.

— Très bien ! bravo ! dit le père de Sophie,

qui était présent, faites cela pendant un mois et ensuite le bouquet vous deviendra inutile ; les bonnes habitudes ne sont pas plus diffi- ciles à prendre que les mauvaises, seulement il faut vouloir, et vouloir fortement pendant quelque temps.

Dès qu'elle fut rentrée chez sa mère, Emi- lie fit effort de mémoire et parvint à se rap- peler plusieurs engagements qu'elle avait pris ; elle les mit par écrit, et le bouquet placé dans un joli vase resta sur la table jus- qu'à ce que tout fût exécuté.

Elle continua de même et elle éprouvait une vive joie ; quand elle pouvait serrer le joli vase, elle se disait :

— Tout ce que je pouvais faire de bien je l'ai fait ; personne n'est en droit de se plaindre de ma négligence, elle ne fait plus souffrir personne.

Madame Maurice remarqua bien vite que sa fille se corrigeait du défaut qu'elle lui avait tant de fois reproché ; quand elle vit que rien n'était plus négligé et qu'autant les promes- ses d'Emilie avaient jadis été frivoles, autant ses engagements étaient maintenant sûrs, elle lui demanda l'explication d'un change-

ment complet et subit. Emilie conta naïve-
ment ce qui s'était passé.

— Tu as bien agi, ma fille, dit la mère, et
Sophie s'est conduite à ton égard comme une
véritable amie ; vous devez l'une et l'autre
en trouver la récompense, c'est à moi d'y
pourvoir.

Madame Maurice ne s'expliqua pas davantage, mais elle fit faire deux bagues en or,
ornées chacune d'un myosotis en pierreries.
Elle donna ces deux bagues à sa fille le jour
de sa naissance en lui disant :

— Garde pour toi l'un de ces bijoux, et
sache t'en servir comme tu te servais de ton
bouquet ; quant à l'autre, disposes-en comme
bon te semblera.

Sophie entrait au même moment pour com-
plimenter son amie sur son jour de naissance.
Celle-ci courut vers elle et lui dit en lui pré-
sentant la bague :

— Vous n'avez pas besoin d'un souvenir
pour exécuter vos devoirs, chère Sophie,
cependant prenez ce myosotis, il vous rappellera celle qui vous l'offre et le service que
vous lui avez rendu.

Madame Maurice applaudit aux paroles
d'Emilie et apprit en même temps à Sophie

que, grâce à l'appui de son mari et à la protection de quelques amis puissants, on venait d'obtenir que la pension de son père serait doublée et passerait à sa fille après lui ; c'était une justice qu'on rendait à cet officier, qui longtemps avait servi avec distinction ; elle lui assurait une petite fortune.

Sophie continua néanmoins ses travaux et ses leçons : seulement elle put en consacrer le produit à soulager l'infortune des autres, et elle goûta, ainsi que son amie, le plaisir de promettre du secours aux malheureux et la joie de tenir exactement ces promesses sacrées.

HISTOIRE D'UN GROS SOU.

Le petit Clément avait récité à son grand-père trois pages de son catéchisme sans avoir fait une faute, et il avait écouté avec attention tout ce qu'on lui avait dit ce jour-là sur les précieux avantages de l'aumône. Il obtint donc la récompense qui lui avait été promise, *un gros sou,* dont il pouvait disposer à sa volonté.

Le sou qu'il reçut était ce que l'on appelle *un sou de cloche*. S'il avait l'avantage de représenter la face du bon roi Louis XVI, le métal en était altéré, crevassé, l'empreinte déjà fort usée, enfin c'était un très vilain sou. Preuve, entre mille, qu'il faut employer chaque chose à l'usage auquel elle est propre; car de fort bonnes cloches, fondues pour en faire de la monnaie, ont donné les plus mauvais sous que l'on ait jamais vus.

Toutefois, le gros sou de Clément avait bien cours pour dix centimes, et l'enfant pouvait librement disposer de ce capital. Dix centimes, c'est quelque chose pour un enfant de six ans, surtout quand ses parents ont pour principe de satisfaire tous ses désirs raisonnables, mais de ne pas lui donner d'argent avant qu'il soit parvenu à l'âge de raison; méthode fort sage, soit dit en passant, car donner de l'argent à un enfant, c'est lui donner la liberté de faire momentanément toutes les sottises imaginables.

Clément, embarrassé de sa richesse, songeait à l'emploi qu'il en pourrait faire. D'abord il eut l'idée d'acheter un *chausson de pommes*. Il avait vingt fois demandé à sa mère de lui donner cette grossière pâtisserie; elle s'y était toujours refusée et avait substitué au chausson des gâteaux beaucoup plus chers qu'elle prenait chez un pâtissier. Heureusement Clément n'avait pas alors grand appétit, il pensa que s'il achetait des billes ou des images, il pourrait s'en amuser longtemps; mais il réfléchit bientôt que sa mère ne lui en avait jamais refusé quand il en avait demandé. En ce moment vint à passer une marchande de noisettes, et comme c'était là une friandise ou un jouet qu'on ne lui avait pas donné toutes les fois qu'il l'avait désiré, il se détermina à faire, à sa première sortie, l'acquisition d'un litron de noisettes.

Après le dîner, la bonne de Clément le conduisit, ainsi que sa sœur, au Luxembourg pour y faire leur promenade accoutumée et y attendre leur mère qui devait les rejoindre un peu plus tard. En passant devant les marchands qui se tiennent près de la grille, le petit garçon lorgna les noisettes et tira à moitié son gros sou, qu'il tenait à poing fermé au fond de sa poche, mais la bonne n'aurait pas permis que l'on eût acheté quelque chose en sortant de table; Clément se promit de revenir un peu plus tard, en jouant avec ses camarades.

Après avoir fait quelques tours dans le jardin, la bonne ayant conduit les enfants dans une partie très peu fréquentée (du côté de la rue d'Enfer), Clément vit un petit garçon de dix ans à peu près, vêtu simplement, qui était assis sur un banc et pleurait à chaudes larmes. Près de lui étaient deux ou trois des petits camarades de Clément, dont le plus grand lui adressait quelques mots de consolation.

Clément quitta sa bonne, s'approcha du groupe et prenant à part celui qui venait de parler au petit malheureux :

— Qu'a-t-il donc, demanda-t-il, et pourquoi pleure-t-il si fort ?

— Ce n'est pas sans raison, il craint d'être battu ; il a un maître qui lui fait faire des commissions, et en revenant d'acheter quelque chose il a perdu de l'argent.

— Ah ! mon Dieu ! dit Clément en approchant du petit garçon, craignez-vous vraiment d'être battu ?

— Certainement, Monsieur.

— Mais avez-vous perdu beaucoup d'argent ?

— Ah ! j'ai perdu deux sous, et, il y a huit

jours, pour moins que cela, j'ai reçu bien des coups.

— Deux sous! deux sous! dit Clément.

Et il porta la main à sa poche, mais en même temps il jeta par hasard les yeux sur la marchande qui se trouvait à la grille de la rue d'Enfer, et il hésita.

— Ah! que c'est dur d'être battu! continua l'enfant qui pleurait.

Clément fut touché de pitié; il pensa à ce qu'on lui avait dit sur le bienfait de l'aumône, et il n'hésita plus; tout en voyant la grandeur du sacrifice qu'il faisait, il mit ses deux sous dans la main du petit malheureux et se sauva vers sa bonne.

C'était vraiment là une bonne action, et le mérite de l'aumône était bien réel, car en donnant ses deux sous il croyait se priver d'un grand plaisir.

Cette aumône, ainsi faite, devait avoir de grands résultats.

Le petit garçon, en rentrant au magasin, alla rendre ses comptes et il trouva qu'il avait deux sous de trop; il n'avait réellement rien perdu, il avait seulement mal compté son argent. Il fut obligé de dire ce qui s'était passé, et son maître, ému par ce récit, peut-être repentant de sa sévérité passée, lui donna un emploi moins inférieur qui améliora sa position et avança sa carrière.

Ce maître, homme juste et honnête, quoique un peu vif, veut que ce même gros sou ne soit pas détourné de sa destination et va le donner à titre d'aumône à un voisin, pauvre honteux, qui lui avoue que c'est le seul secours qu'il ait reçu de la journée, et que sans cette charitable visite il se serait couché sans avoir mangé.

Ce pauvre court promptement chez une voisine qui n'était guère plus riche que lui, et qui dans une échoppe vendait en détail du pain bis et quelques aliments de très bas prix. Il trouve la marchande en discussion avec un homme de mauvaise mine ; c'est lui qui est chargé de recevoir tous les trois jours le loyer de cette échoppe et de quelques autres appartenant à un même propriétaire. Le loyer de la marchande est de dix sous par jour, il faut payer trente sous ; le receveur les exige rigoureusement ou il va chercher le commissaire de police qui demeure à côté ; il est sans pitié cet homme et il a un motif, il veut donner cette échoppe à une autre femme qu'il protége ; la marchande n'a que vingt-huit sous ; les deux sous du pauvre viennent compléter la somme demandée.

Mais, nouvelle exigence, le receveur veut une pièce blanche. Le pauvre court bien vite la chercher en échange de la monnaie de cuivre chez l'épicier voisin, dont la femme est compatissante, bonne pour les pauvres et connue pour telle dans le quartier.

A peine vient-elle de rendre ce petit service à sa voisine de l'échoppe, qu'elle voit entrer chez elle un petit ramoneur auvergnat qui vient la prier de lui prêter deux sous pour le lendemain ; ayant été malade et obligé de contracter quelques dettes, il a vendu son temps pour un mois à un homme qui le nourrit, qui le loge, mais auquel il doit apporter vingt sous par jour, sous peine d'être engagé pour une semaine de plus, chaque fois qu'il manque à la condition. C'est aujourd'hui le dernier jour de l'engagement, et malheureusement il a gagné fort peu de chose, il n'a pu réunir que dix-huit sous. L'épicière s'empresse de donner les deux sous au petit ramoneur qu'elle connaît honnête et incapable de forger un mensonge. Elle lui remet précisément le *sou de cloche*.

Ainsi, parce que Clément a profité de la

leçon de son grand-père, qu'il a su vaincre sa petite tentation et a préféré à sa friandise le plaisir de secourir un malheureux, le bonheur à venir de l'enfant qui pleurait sera probablement assuré, un infortuné a évité de supporter pendant une longue nuit et peut-être plus longtemps encore les souffrances de la faim ; une femme honnête ne sera pas privée d'une pauvre échoppe qui est son seul moyen d'existence, le petit Auvergnat aura sa liberté et pourra travailler pour ses parents.

Tout cela ne vaut-il pas bien un litron de noisettes ?

LE MENSONGE PUNI.

Adèle, fille d'un honnête artisan, avait la direction du ménage de son père, qui était resté veuf. Elle conduisait fort bien la maison, travaillait avec activité, mais elle aimait trop la toilette. Elle avait envie d'une robe de soie verte qui devait coûter six francs l'aune ; elle pria son père, qui lui avait promis une robe, de lui donner de quoi acheter celle-ci ; elle le trompa en lui affirmant qu'elle ne coûterait que trois francs l'aune. Le père consentit, et comme il fallait dix aunes, il donna trente francs et trouva que c'était beaucoup. Qu'eût-il dit, s'il eût su le véritable prix ? Adèle avait quelques économies qui lui fournirent les trente francs de surplus ; elle alla bien joyeuse acheter sa robe, la paya et l'apporta à la maison.

Le jour même, tandis qu'elle était allée au marché, il vint chez son père un marchand colporteur qui était Juif.

— N'avez-vous pas besoin, dit-il, d'une robe pour votre fille ?

— Vraiment non, répondit le père, car elle en a acheté aujourd'hui une superbe et qui me coûte bien cher ; voyez-la, ne s'est-elle point fait attraper ?

— Et combien a-t-elle payé cette étoffe ? dit le Juif.

— Trois francs l'aune.

— C'est cher ; cependant, comme l'on m'a demandé une robe toute pareille, et qu'il s'agit d'une bonne pratique que je ne veux pas faire attendre, si vous voulez me céder cette étoffe, je vous la paierai trois francs dix sous l'aune.

Le père d'Adèle s'empressa d'accepter, il livra l'étoffe et reçut l'argent.

Quand celle-ci rentra, son père lui annonça avec joie le marché qu'il venait de conclure.

— Ah ! mon Dieu ! s'écria-t-elle, vous me faites perdre vingt-cinq francs !

A peine eut-elle dit ces paroles qu'elle s'en repentit, car le père en exigea l'explication, et il fallut avouer son excessive coquetterie et sa dissimulation.

— Le ciel t'a déjà punie de ton mensonge, dit le père; j'ajouterai encore à cette punition, car je garderai l'argent du Juif, et tu n'auras pas de robe.

La punition était sévère, mais elle était bien méritée.

LA MENDIANTE.

Une dame hérita d'un de ses parents, qui laissait une grande fortune. Ce parent était le seigneur d'un village , où il possédait un

beau château. Avant de mourir, il recom-
manda à la dame de faire sur ses biens une
pension de cent écus à la famille la plus charitable du village.

Au bout de quelque temps, la dame fit
annoncer qu'elle allait venir prendre posses-
sion du château ; et deux jours avant celui
qu'elle avait fixé, l'on vit dans le village une
pauvresse étrangère qui allait, de porte en
porte, demander l'aumône. Dans la plupart
des maisons, on lui répondait durement que
le pain était cher, et qu'il n'y en avait pas de
trop. Dans d'autres, tout en la rudoyant, on
lui donnait quelque liard ou quelque morceau
de pain moisi, quelque pomme à moitié gâtée.
Enfin, elle arriva près d'une cabane habitée
par un paysan, sa femme et leur petit enfant.
Comme la pauvresse grelottait de froid, et
qu'elle avait la figure et les mains toutes vio-
lettes, tant elle souffrait de la rigueur de la
saison, le paysan, sitôt qu'il la vit à sa porte,
lui dit d'entrer et de se chauffer à son feu.
Puis il lui versa un verre de vin, sa femme
lui coupa un morceau du peu de pain qu'elle
avait chez elle, et le lui donna, avec une
tranche de jambon. Le petit enfant aussi se
montra charitable et lui offrit la moitié d'un

morceau de galette que sa mère venait de lui donner. La pauvresse s'en alla en les bénissant.

Le surlendemain, l'on apprit que la dame du château venait d'arriver, et les habitants du village furent invités par elle à dîner. On les introduisit tous dans une salle à manger, où il y avait une grande et une petite table. Celle-ci était couverte des mets les plus exquis, sur la grande il y avait beaucoup d'assiettes couvertes.

La dame fit placer à cette table tous les gens du village, à l'exception de la famille qui avait secouru la mendiante, puis elle dit :

— Mon parent, qui m'a laissé ce château, m'a ordonné de faire une rente de cent écus au plus charitable d'entre vous. Pour pouvoir remplir ses volontés, j'ai voulu vous éprouver. C'est moi qui avant-hier ai parcouru le village sous l'habit d'une pauvresse. Chacun de vous peut se rendre justice, et se dire s'il m'a bien accueillie. Je n'ai trouvé de charitables que ce pauvre homme, sa femme et son fils ; aussi auront-ils la rente de cent écus tant que l'un d'eux vivra. Je leur dois aussi un dîner ; qu'ils se mettent avec moi à cette petite table, je vais le leur rendre le mieux qu'il me sera possible. Quant à vous autres, vous trouverez sur vos assiettes la juste récompense de ce que vous m'avez donné; vous pouvez lever les couvercles.

Les paysans n'étaient pas fort satisfaits de ce discours, ils le furent encore moins de ce qu'ils trouvèrent devant eux; ceux qui n'avaient rien donné virent leurs assiettes absolument vides; les autres trouvèrent l'objet même qu'ils avaient remis à la pauvresse; l'un une croûte de pain, l'autre une pomme pourrie, l'autre un mauvais liard. Enfin un méchant petit garçon qui avait jeté à la pauvresse l'os qu'il rongeait trouva cet os qu'elle avait ramassé. La dame, après s'être amusée de leur surprise, ajouta :

— N'oubliez pas que vous serez ainsi récompensés dans l'autre monde.

LES TROIS BRIGANDS.

Dans un bois, trois brigands se tenaient en embuscade. Il vint à passer un marchand, qui portait avec lui des sommes considérables et des objets de prix; les brigands le tuèrent et s'emparèrent de tout ce qu'il possédait. Ils résolurent de faire bonne chère, pour célébrer ce crime affreux, qui leur avait été si profitable. Le plus jeune se chargea d'aller à la ville voisine pour acheter du vin, des viandes cuites, enfin tout ce qui était nécessaire pour bien se régaler.

A peine fut-il parti que les deux autres se dirent :

— Si nous étions seuls à partager ces trésors, ils nous suffiraient pour vivre. Débarrassons-nous de cet autre quand il reviendra avec ses provisions. Dès que nous l'aurons tué, nous partagerons en frères, et nous irons vivre loin de ce pays.

Le troisième brigand se disait, de son côté :

— Si je pouvais me défaire de mes deux compagnons, tout l'argent serait à moi ! Je vais empoisonner leur vin, ils en boiront, périront tous deux, et je posséderai seul les trésors du marchand.

En effet, il acheta des vivres, mêla dans le vin un poison violent et retourna dans le bois.

A peine fut-il arrivé près de ses compagnons, que ceux-ci se jetèrent sur lui et le tuèrent à coups de poignard. Ils se mirent ensuite à manger, burent du vin auquel était mêlé le poison, et expirèrent dans des douleurs atroces. Juste punition de la Providence! preuve nouvelle que les méchants ne peuvent se fier les uns aux autres.

FIN.

TABLE.

FIN DE LA TABLE.

LIMOGES ET ISLE,

Imprimeries de EUGÈNE ARDANT et C. THIBAUT.